# 母の背に

村岡 智彦

佐賀新聞社

目次

## 第7章　母に届け！　「感謝の旅路」　95

# 出版にあたって

今から10年前、平成22年10月に『私が歩んだ心の旅路』を自費出版した。理由は2つある。1つは、私の幼少時代を温かく迎え、育ててくれた「ふるさと」のひと、もの、ことの関わりを参考にしながら取り組んだ教育環境のあるべき姿を、世に提案できたことである。この10年間、私の考えに賛同し、全面的に応援して下さった佐賀市立嘉瀬小学校校区の方々や教職員に感謝の気持ちを表現するための出版であった。2つ目は、がん闘病生活が10年を経過し、かかりつけ医から「経過観察はこれで終わりにしましょう」と言われ、心の中のもやもやが一気に吹き飛んだからである。長かった10年であったが、これから続く新しい旅の目的達成に向けて、やる気の高揚と持続に役立つのではと思った。表題を「私が歩んだ心の旅路」とした理由は、戦後から今日まで、多くの人たちとの関わりの中で自分の生き方や行動力が磨かれたという実感を抱いているからである。特に、戦後、朝鮮半島平壌からの引き揚げ後の極貧生活と、20年前のがん闘病を乗り越えて精力的に行動した学校開放事業が強く心に残る。2つとも周りの人たちの思いやりが私を救ってくれたのであり、それに対する感謝の心が今も私の行動を支えてくれている。旅路とはゴールが見えない死ぬまで続くものと捉えているが、命ある限り歩み続けるには様々な苦難を伴う。そこで、新しい事業を数年ごとに展開し、そこで設定した目標に向かって突き進むようにしている。それは、物事に集中する場づくりと目標の設定が日々の生活に充実感を生み出し、次につながることをこの20年間で学んだからである。

今回、心の旅路Ⅱ『母の背に』を出版することにしたのは、ずっと気になっていた母親の心の闇に、少しだけでも迫ることができるのではないかと思う出来事が起きたからである。それは、ロシアのウクライナへの侵攻である。連日報道される目を覆いたくなるような惨劇の数々、その中でも私をくぎ付けにしたのは、子どもを必死で抱きしめながら逃げ惑う母親たちの姿である。なぜか私を抱きしめた母親と重なり、眠れぬ日が続いた。母が旅立って36年、私の旅路に欠かせない重要な人物であった。黙して語らずの母が、今なお私の旅路の道案内人として登場するが、それは時代背景に違いはあるけれど、混迷を深める世の中の子育てや生き方に、役に立つことがあるのではと思っているからである。正面から向かい合うことはほとんど無く、抱かれた記憶すらも無いが、とぼとぼと歩く後ろ姿が強烈に心に残る母親であった。私が歩む心の旅路は、実質72年目を迎えているが、79歳になった今年、初めて一般企業の片隅を歩かせていただく機会を得た。これからの旅路にどんな出会いがあるのか、どんなことを学べるのか、母親と頑張った商売の体験は生きるのか等、楽しみである。「母の背に読む人生の道標」を心の支えにして、次の10年間（〜2032年）も元気に歩き続けたい。

ちょうど原稿執筆中、テレビの画面にウクライナのゼレンスキー大統領が登場した。広島で開催されている先進7カ国首脳会議に招かれ、支援を要請しているところであった。複雑な気持ちで見ながらも何もできない自分が情けない。戦争は何の罪もない国民に甚大な被害を与える。戦争が世界から消える日がくることを念じつつ。

手作り遊び　竹馬

竹を材料とした手作り遊具で、足までの高さと歩くスピードを競った。

# 第1章

# 母、黙して語らず

## 運命の出会いと母の決断

72年間も歩み続けている学校教育中心の心の旅路。退職後も子ども達と関わる仕事やボランティア活動に打ち込んでいる。その背景には、戦後の極貧生活の中で身に付いた考え方や生き方、特に母の背に強いこだわりがある。生きるために死に物狂いで働く母に甘えることは許されず、もちろん抱かれた記憶などありもしない。母親の存在を意識したのは10歳ぐらいからである。こんな生活状況の中で育った私がどうして学校の先生になったのか。また、退職後も教育関係の仕事から離れないのか、を語るには2人の先生との運命の出会いと母親の決断を取り上げなくてはならない。間接的な支援で陰ながら応援してくれた小学校5年生時の担任、そして直接我が家に乗り込んできて地元の大学に進学させましょうと説得してくれた高校3年生時の担任の2人の先生である。高校の先生の家庭訪問の後、母は初めて私の顔をじっと見つめ、静かに口を開いた。初めてのことであり、照れくささと怖さが入り交じった気持ちになったが、真剣に語ってくれた母の姿が忘れられない。2人の先生に共通することは、私をよく観察されており、口には出さず心の中に想いを秘められ、機をみて行動に出られたことである。この少年にどんな時にどんな内容の手助けをすればいいのかをいつも考えておられたようで感謝しかない。小学校の先生は、弁当のない日が多かった私にそっとおにぎり弁当の差し入れをしてくれた。年に3〜5回はあった記憶がある。高校の先生は、私の就職希望に待ったをかけられ、奨学金の判定調査を受けるように指示された。合格と同時に我が家を家庭訪問され、大学受験の説得をされていた。最終的に決め手となったのは、初めての母と時間をかけての話し合いであった。

その時の母の言葉は、今も心に残る。

「引き揚げ者で何もない極貧生活の中、親子11人、1人も欠けることなくここまでやってこれた。誰のお陰か分かるよね。あなた1人を大学にやるのは私にとってはとても苦しいことなの。だけど、よく考えるとお父さんの故郷に育てられたあなたです。兄や姉たちは、養子や集団就職で遠くに行ってしまった。故郷にご恩返しができるのはあなたしかいないものね。様々な家庭環境でくらす子ども達一人ひとりに目配り、気配りができる先生にあなたならなれるはずよ。多くの方々の支えがあって私たちは頑張れたのよ。しっかり勉強して、皆さんの期待に応え得る先生になってね。さっそく受験の準備に取り掛かりなさい。それから、もう1つ言いにくいけど聞いてちょうだい。今の生活は、お父さんの養豚業と私の小さなお店（日用品などの雑貨店）で食べているが、あなたも気づいているようにまだ借金が少し残っているの。今まで通り、大学生になっても可能な範囲で手伝ってくれないかな。この2つの仕事は、あなたの手伝いがなければ、とても無理よ。頼むよ。」

中学校、高校ともに部活動なしの日々は寂しかった。大学4年間を合わせると10年間、豚のお世話と商売（朝の牛乳配達、問屋さん通い、店番等）に打ち込んだことになるが、その体験が今はとても役立っている。今、世の中が求めている行動力や探究力、思いやりの心等がある程度身についているからこそ、現在までボランティア活動に打ち込むことができていると思う。私が歩んだ極貧の幼少時代から定年間際のがん闘病生活を経ての今に続く心の旅路、ただひたすら前を向いて歩き続けることができるのは、母との約束を果たすためである。もうひとつ、私が大切にしていることは、ボランティア活動から「生きる喜び」をもらっていることである。もちろん、負の面もある。部活動未加入であったことで学生時代にできたであろう親友がいないため、旧交を温める機会に恵まれず、寂しい時がある。また、商売を通じて大人との関わりが多かったので、損得の感情が心を支配することがある。だから、現役教師時代から今に至るまで、子ども達対象の活動は全てボランティアがふさわしいと思って実践している。心の旅路も70代後半に入り、私を育ててくれた故郷を意識するようになってきた。特別お世話になった故郷であり、そこには子どもの時の遊び仲間も数名元気に暮らしており、喋る昔話が楽しみである。また、当時とほとんど変わっていない集落の風景があり、心を癒やしてくれる。現在、私は、子どものころからお世話になった寺院の檀信徒を代表する役員をしていて、年数回の寺行事や役員会等に参加することで、ふるさととの交流を続けている。

遊び場の拠点
あつまる，つながる，そしてはじまるたてわり遊び。
昭和20～30年代のお寺の境内
（佐賀市大和町　円通院）提供

## 母慕情　空白の6年間

　2022年2月24日、突然飛び込んできたのが「ロシアのウクライナ侵攻」報道である。連日報道される侵攻の惨状を凝視する私の脳裏をよぎったのは、我が家の朝鮮半島からの引き揚げである。子どもを必死に抱きかかえながら逃げ惑い泣き叫ぶ母親たち、飢えとけがに苦しむ子ども達の姿に不安や恐怖、怒りを覚えずにはおれない。当時2歳だった私の家族の引き揚げと銃弾が飛び交う中での避難場面とを単純に比較することは出来ないとは思うが、想像を絶する苦難の日々であったに違いない。連日の報道は、引き揚げの話に固く口を閉ざし、黙して語らなかった亡き母への慕情を一層募らせることになった。厳しい生活環境の中での9人の子育てに追われる日々、背中しか見せなかった母の思いに迫ることができるかもしれないと、私との関わりを中心に取り上げた。なお、父は子育てには一切口出しせず、早朝から夜まで黙々と仕事に打ち込む人であった。表題は、母に視点を当てた私が歩んだ心の旅路『母の背に』であるが、子育てを陰で支えた父の存在は大きかった。

現在、両親の旅立ちから36年間が経過しているが、私の心の中にある母恋しの隙間を埋めることはできていない。この隙間は、母に甘えたい気持ちが積もり積もってできたのではないかと思っている。私は6歳まで母を知らずに過ごしている。もちろん抱かれた記憶もない。子どもの健全育成には重要な役割を果たすと言われている幼少期に、母親と絡む出来事の記憶がないのである。常時女性の顔を見てはいたが、姉妹や近所のおばさんたちである。忙しい母に代わって、みんなが母親役を果たしてくれたようだ。私が歩んだ心の旅路において、終戦前後の出来事はもちろん、実母さえも出て来ない空白の6年間があったのである。私の年齢が上がるにつれ、生まれたところや引き揚げの道中のことなど、どうしても知りたい気持ちを抑えきれず、何回となく母に尋ねた記憶がある。いつも「そのうちにね」と言って、それ以外は黙して語らずであった。学校での学習や世の中の動き等で、引き揚げの意味や辛苦を少しは分かっていたつもりであったが、ほとんどが引き揚げ後の国内生活中心であって、終戦前後の数年間の出来事は何も分からない状態であった。嫌がる母親に何回も尋ねたのは、理由があってのことであった。それは、近所の同級生の母親の言葉である。「智ちゃん元気になったねえ。みんな心配したよ。引き揚げてきた時は、骨と皮だけで目だけが大きくぎょろぎょろしていたよ。こんなに元気に育ってくれて良かった。あなたのお母さんの頑張りには、本当に頭が下がるよ」時は流れ、知りたいと思い続けた気持ちが、「書いて残したい」に変わった。それは教師になったことから、母親に聞いた話を授業に使える教材としてまとめたかったからである。しかし、母親の気持ちは変わらず、「いつか話す時が来るから」であった。その日を待っていたが、突然別れの日がきてしまい実現できなかった。私が42歳のときである。

それから35年後、もやもやしていた私の気持ちを一気に駆り立てたのは、吉永小百合主演の映画『北の桜守』を見たことである。戦中、戦後を舞台に描く母と息子の絆の物語で、樺太からの引き揚げの様子が再現された。ロシア兵から逃げる場面が強烈に心に残り、怒りに震えると同時に涙が止まらなかった。吉永小百合の迫真の演技に圧倒されたのだが、それがまた、私の母「キミ」の姿にも見えたのである。

さらに決定づけたのが、連日、テレビ報道される「ロシアによるウクライナ侵攻」である。子どもを抱えて必死に逃げる母親たち、けがや飢えで苦しむ子どもたち、目を背けたくなる惨劇の数々、黙して語らずの母親におんぶされたであろう自分の姿が写し出されているようで体の震えが止まらなかった。私の命だけでなく9人の子どもを守らなければならなかった母の苦難の日々への思いが募り、母への近況報告（母が私に託した願いを守り、子育て支援に関わるボランティア活動を今も続けていること）も兼ねて、心の旅路第2弾を出版することにした。終戦前後の出来事が、遠い存在になりつつある現在、私の記憶にあるものだけでも伝えられたらと思う。戦争がもたらす悲劇の数々、絶望の渕からはい上がる人々の努力や助け合いの姿、家の手伝いや群れ遊びの中でたくましく育つ子ども達、貧しくても活気ある戦後のくらしに学ぶことは多い。もちろん一番大切なことは戦争のない世界をどうやって築くかである。私たちの社会は、便利で人と直接かかわらなくても生きていけるようになったが、その半面、「生きる喜び」の素晴らしさに鈍感になってしまったのではないか。続発する凶悪事件やいじめ、虐待等に胸が痛む日々である。極貧生活の中でも笑顔を絶やさず前向きに頑張ってきた11人（うち一人養子へ）の大家族。1957年（昭和32年）、2歳上の四男が集団就職で名古屋に行った。その夜、ご飯を炊くかまどの前ですすり泣く母の背中を妹と2人で見つめていた光景が、今も鮮明に残っている。その夜から、両親と妹、私の4人の寂しい小家族になった。感情的に激しく叱るところを見たことのない、しかも極貧生活の中での大家族である。子育てに喜びを感じる時はあったのだろうか、巣立っていく子ども達に掛けたい言葉は、母の背に問い掛けてみたい。

佐賀新聞掲載
２０１８年４月５日付
二人の母「てつ」と「キミ」

おとこの星座

二人の母「てつ」と「キミ」　佐賀市　村岡　智彦　74

映画「北の桜守」を見に行った。憧れのスター吉永小百合さんが演じる「江蓮《えづれ》てつ」の苦難の人生に興味があったからだ。極寒の北の大地での迫真の演技と壮大なスケールで描かれた感動の名作であった。重いそりを引いたり、水温11度の海に入ったりと優しさだけでなく、息子を厳しく育てる強さも体現し、激動の時代を懸命に生きた母親「てつ」を見事に演じた彼女は大女優だ。

映画鑑賞中、江蓮てつと同様、戦中戦後を必死に生きてきたもう一人の母「キミ」が思い出されて涙が止まらなかった。二人の共通点は、引き揚げ者（てつは樺太、キミは朝鮮半島）で、二人ともロシア兵の襲撃や略奪の中を子どもを守りながら逃げてきたこと、そして極貧生活の中で子育てに必死で向かい合ったことである。違いは、てつが夫を戦地で、長男を引き揚げ船爆破で失うという悲惨な過去を持つことである。

外地から内地への引き揚げは大変であったろうと推測はしていたが、想像以上に悲惨なものであった。私は引き揚げの時の様子を記録に残したいと考え、キミにお願いしたことを鮮明に覚えている。キミは「そのうちにね」と言いながら、とうとう語らずに逝ってしまった。なぜ話したくないのか、50年たった今、もう一人の母てつが映画を通して教えてくれたような気がする。

ラストシーンで過去をたどる旅に出る「てつ」、最後まで過去を振り向かない役を見事に演じ切った「キミ」。「人の情け」と「貧乏という先生」を教えてくれた二人の母に感謝！

「キミ」とは私の母「村岡キミ」のことである。

## おとこの星座
## 二人の母「てつ」と「キミ」

佐賀市　村岡　智彦　74

映画「北の桜守」を見に行った。憧れのスター吉永小百合さんが演じる「江蓮《えづれ》てつ」の苦難の人生に興味があったからだ。極寒の北の大地での迫真の演技と壮大なスケールで描かれた感動の名作であった。重いそりを引いたり、水温11度の海に入ったりと優しさだけでなく、息子を厳しく育てる強さも体現し、激動の時代を懸命に生きた母親「てつ」を見事に演じた彼女は大女優だ。

映画鑑賞中、江蓮てつと同様、戦中戦後を必死に生きてきたもう一人の母「キミ」が思い出されて涙が止まらなかった。二人の共通点は、引き揚げ者（てつは樺太、キミは朝鮮半島）で、二人ともロシア兵の襲撃や略奪の中を子どもを守りながら逃げてきたこと、そして極貧生活の中で子育てに必死で向かい合ったことである。違いは、てつが夫を戦地で、長男を引き揚げ船爆破で失うという悲惨な過去を持つことである。

外地から内地への引き揚げは大変であったろうと推測はしていたが、想像以上に悲惨なものであった。私は引き揚げの時の様子を記録に残したいと考え、キミにお願いしたことを鮮明に覚えている。キミは「そのうちにね」と言いながら、とうとう語らずに逝ってしまった。なぜ話したくないのか、50年たった今、もう一人の母てつが映画を通して教えてくれたような気がする。

ラストシーンで過去をたどる旅に出る「てつ」、最後まで過去を振り向かない役を見事に演じ切った「キミ」。「人の情け」と「貧乏という先生」を教えてくれた二人の母に感謝！

「キミ」とは私の母「村岡キミ」のことである。

# 第2章

## 地域社会は『人間力』を育む学び場だった

## 我が家に小さな春が来た

私の幼少時代の記憶はほとんどない。あるのは夜9時以降さっさと寝なければ父か兄のげんこつをもらうことと、外にある暗いトイレに走って行くことぐらいである。9時以降になると隣の部屋に同じ地域の青年団男子が泊まりに来るのである。今でいえば公民館（当時は青年会場と呼んでいた）の1部屋に住まわせてもらっていたが、トイレや台所は兼用であるため気を遣ってのことである。兄や姉の話によると、11人の家族を親戚だけでは無理があるということで、区長さんが公民館の1部屋を我が家に提供してくれたそうである。長女から4人が親戚に、子ども5人と両親の7人が公民館で暮らす分散形式の生活になったようである。私にとって空白の6年間（終戦前後）の出来事は、年を重ねるごとに知りたい、いや知らなければならない大切なこととなった。それは、教師の道を選んだからである。学びの場は、学校だけでなく、家庭や地域も重要な場である。この3つの場が良好な関係にあってこそ教育効果があると言われている。自分が歩いてきた道を振り返ると、特に地域の教育力の果たす役割の大きさを感じざるを得ない。私の体験からすると、子ども達に良き教育環境を提供しなければ、学校だけをいくら改革しても教育効果は上らないと思う。小学校低学年まで実母との関わりが薄く、近所のおばさん達がお世話をしてくれたような記憶しかないが、実際は私に見えないだけで、母は見えない所で精一杯子ども達のために頑張ってくれていたと思う。だからこそ、記憶にない時期の母についてもう少し知りたいのである。

現在、私が育った父の故郷や隣町に住んでいるのは、義姉と私、妹の3家族である。実家の近くに住み続けている私と妹にとっては大切な場所であり、今でも昔とほぼ変わらない風景が、私たちの心を癒やしてくれている。

1950年、小学校への入学を迎えたが、我が家の事情がいくらか見えだした。長女、長男、次男、三男は親戚に預けられていたため、我が家と行ったり来たりしていた。そのためか、私にとっては家族のような気はしなかった。また、養女として叔母の家に行った三女の存在を知ったのは高校生の時である。最近、年に2、3回あっているが、やっと姉弟の仲になったような気がする。17年間知らなかったことは、現在の私達の関係づくりにとっては大き過ぎた。

窮屈だった公民館暮らしも約2年で終わり、畑付きの一軒家を借りることになった。家族9人（長女・三女を除く）全員が揃ったのは、引き揚げ後2年を経過した、私が4歳の時である。大人になってからの兄や姉の話、近所の住民と母親の会話などから知り得た情報であるので、時系列で少しずれているところもあるかもしれないが、佐賀を襲った1949年の大水害はこの借家の時だった。4人の子どもと母親は屋根裏で過ごし、体力のある3人の兄と父親は1階のどこかで身を守ったらしい。終戦後の5年間は、我が家にとって一番大変だったようであるが、家族全員が一軒家に住むことができるようになり、我が家にもやっと小さな春がやってきたようだ。

## 愛のまなざしに囲まれて

帰国後の10年間、我が家の最大の難題は食料不足であった。もちろん戦後であるため、我が家だけの問題ではない。隣近所からの差し入れに感謝するも、空腹に耐える日が多かった。両親は、日銭や食料を持ち帰るため必死になって働く日々で、夜遅くなることが多かった。こんな状況の家庭環境であったことと、隣近所の大人が地域親（自分の子どものように目配り、気配りをしてくれる）になってくれたことが私達7人（長女と三女は除く）の子どもの団結心と行動力を強くしてくれた。小学校入学前の幼い妹と私は、姉や兄の後を追っかけながらほんのちょっぴり手伝ったことを思い出す。私が一人前に食料（川魚や山芋）を手に入れて帰れるようになったのは小学2年生（1951年）頃からである。意外と早くできるようになったのは、自分の性格が負けず嫌いで目立ちたがりやであったこと、また、近所の大人に可愛がられるタイプであり、教わる機会が多かったからであろう。当時、教わったことの中で誰にも言わず、秘密にしていたことが2つある。1つは、山芋ほりである。山に入って山芋の若い蔓を見つけた時は、すぐそばにある大きな木の枝に目立つ色のひもを結び付けておく方法である。時々、蔓の様子を見に行き、芋の成長具合を予想し、時期が来たら掘るやり方である。誰でも入ってよい山なので、時々失敗することがある。収穫を1週間延ばした故に、誰かに取られてしまうことがある。数か月見守りながら手に入らない悔しさを何回となく経験したが、最後まで他人に知られずに収穫できた時の喜びは忘れられない。2つ目は、魚とりである。橋の下などに積み重ねた石垣にできる隙間に入り込んだ、うなぎやナマズ類の捕まえ方である。流水を止め、隙間（穴）に入り込んだ魚を逃がすまいと網を入り口に置き、棒で奥をかき混ぜるが、魚はなかなか出て来ない。ある日のこと、通りかかった隣のおじさんが「よか方法を教えてやろうか」とリヤカーの上に乗せていた畑にまく石灰を投げ入れてくれた。しばらくしたら、苦しくなったのかナマズが2匹、穴から出てきたのである。大喜びでそれを網で捕まえ意気揚々と帰ったことを覚えている。楽しい教えばかりではない。当時、私が育った所の産業は、農業中心であったので、自然界との良好な関係づくりはとても大切であった。様々な場面で、近所の大人や遊び仲間から気をつけなければならないことを教えてもらった。上手になった魚とりで忘れられないことがある。おしゃべりで明るい性格の私は、近所の大人によく可愛がられたが、この日はこっぴどく叱られた上にげんこつをもらった。大漁を兄に見せたくて急いで帰る途中、近所のAさんと出会い、バケツの中をのぞかれ、注意された。注意された理由は、めだかのような小魚をたくさん捕っていたからである。今から大きくなる子どもの魚をとって食べることは許されない。「小魚は今すぐ戻しなさい」と強い口調で言われた。黙ったまま、魚を戻そうとしない私の態度が許せなかったのか、強引に小魚を川に戻した上にげんこつまでくれた。私が自然界と人間の良好な関係づくりをきちんと学んだ最初の出来事である。姉や妹たちは、畔道や川辺に生育している食用植物や山菜採りが多かったようだが、私と同じく近所のおばさん達から、食べられるものや食べ方等を教えてもらっていたようである。とにかく食べられるものを集めて夕ご飯をつくることが、私たちの最も大切な手伝いであった。兄たちは、近所の農作業の手伝いや山に入っての薪集め、山羊やにわとり等の家畜の世話などをしていた。特に鮮明に覚えているのは、近所の農作業の手伝いに行った時、たくさんの農産物をもらい、意気揚々と帰ってくる兄や姉たちの姿である。それを迎える私と妹の喜ぶ顔を見るのが楽しみであったと、後日、兄がよく話してくれた事を思い出す。私達家族は、町区（70戸の集落）の方々の温かいまなざしに囲まれて苦しい生活を乗り越えられたと、機会あるごとに話しながら涙ぐむ母の姿が忘れられない。この涙に隠された母の思いや、私達に様々な場面で声掛けをしてくれた近所の方々の気配り等を深く理解できたのは、教師になってからである。「群れ遊び」

の仲間たちと大人になってからも変わらぬ付き合いをしていたが、昔話の中に時々出てくるのが私達の家族への気配りが絡む友人関係の在り方である。お手伝いという名目で、田畑の作業をよくさせてもらったが、可能な限り自分の子どもも一緒にさせて、「よく頑張ったね。おばちゃん助かったよ、ありがとう」と終わってから農産物を「ご褒美よ」と分けてやることを心掛けたと、友人の母がよく語ってくれた。まさに、私達を前向きにさせてくれる仕掛けであった。私たちに出番と役割（手伝い）を与え、そして、頑張りを認めてくれる承認（言葉と野菜のご褒美）の手法である。この陰ながらの子育て支援を一番分かっていたのが母親ではなかったのか。私が教師になろうと決めた時の母の言葉が忘れられないし、79歳になった今でも子ども達の前に立ち続けることができる理由である。愛のまなざしだけに囲まれていたわけではない。時々、辛く悲しい視線を浴びる時があった。そんな状況が起きることを予測してか、無口な父親が厳しく私達を指導したことがある。それは、「盗るな」と「嘘つくな」の2つである。物不足の時代、近所で物や農産物がなくなることが多かった。そんな時、冷たい視線が私たち家族に送られているようでとても嫌だったことを思い出す。極貧生活にあえいでいる上に冷ややかな視線はとても辛かった。

何回となく経験しているので、いじめに合って苦しんでいる人たちの気持ちは痛いほど分かる。子育てを全て母親に任せているような感じの父親であったが、大事なことは押さえていたようだ。

## 「群れ遊び」や「共同作業」に見る日本のよき伝統

戦後の暮らしの中で、いつの間にか身に付いた思われる考え方や生き方を、今も貫き通していることがたくさんある。つい最近のことであるが、20年間続けているボランティア活動（学校開放事業）が認められ、博報賞（功労賞）を受賞した。地域住民やＰＴＡ、教職員で学校応援団をつくり、そこが中心になって土曜日（月1、2回）に開催する「遊び場」提供の事業である。この事業の最大の特色は、子どもと大人が一緒に、内容によっては別々の遊びや体験活動をする場で、共同体制をとったことである。「さあ、大人の出番です！」と呼びかけ、1人でも多くの大人に参加してもらおうと仕掛けたことが2つある。

共同作業

川そうじ、道路の草とり、隣近所でのみそ・しょうゆ・各種漬け物づくり。もちつきなど

写真は昭和20年代　カンコロ（切り干し大根）づくり

（佐賀市大和町　円通院）提供

1つは、地域にある各種団体に出番を作り、大人と子どもがふれ合う交流の場づくりを任せたことである。この結果、事前の話し合いや用具・材料の準備等を通して大人同士がつながり、希薄化した人間関係の改善に役立っていると喜ばれている。もう一つは、資金作りである。自治会長会にお願いしていた活動資金が認められ、毎年、総額で約10万円を頂くことになったのである。当初、「地域ぐるみで子育てを」「地域の子どもは地域で育てよう」の機運を高めることが目的であったが、自治会の協力で達成しつつあると感じている。ただし、地域の捉え方は変更せざるを得なかった。当初、子ども達が所属している町区（集落）を指す狭い範囲を考えていたが、デジタル化の進展や核家族化、少子高齢化等による生活環境の激変の中、過去のような住民のつながりを取り戻すことは難しくなっていた。私が育った父親の故郷である70戸の町区の中で体験した「群れ遊び」や「共同作業」の再現を試みたが、諦めざるを得なかった。しかし、20年間続けているのは、学校に集まってくる子どもや大人の居場所の盛り上がりが学校の教育課程に良い影響を与え始めたからである。学校に集まり、そこで繋がり、やがて何かが始まることを予感させる出来事が増え、父親の故郷で体験したことと重なり出したからである。やがて学校の授業で始まったのが、

「ふるさと学習」である。もちろん、多くの地域住民と関わりながら進める授業で子ども達に「ふるさと意識、ふるさと愛」を育むことを目標としている。

私が子ども時代に体験した「群れ遊び」や「共同作業」に学んだことで、現代に生きる、人間力の基礎となるであろうことをいくつか述べてみたい。まずは、2つに共通するチーム力を取り上げたい。みんなで知恵や考えを出し合い、途中で仲間割れしたり、喧嘩したりもあるが、最後は得た物や楽しかったことを分かち合うのである。リーダーである中学2年生やその日の最上級生の腕の見せ所でもあった。「共同作業」の例としては、餅つきや味噌づくり、道路や川の清掃、神社の祭りや清掃活動等が挙げられる。これらの行事に合わせて、子どもを参加させてのご苦労さん会（親睦会）が開かれていた。原則、全家庭参加の共同作業であったので、両親の代わりに兄や姉が出る我が家にとっては、参加したくないご苦労さん会であった。近所のおばさん達の声掛けで参加するのは、いつも私と妹であった。大人になってから聞いた話であるが、前日までに母親が隣近所のおばさん達にお願いをしていたようである。この「共同作業」の最大の魅力は、仲間意識の確認と子ども達に大人が助け合う姿を見せることである。また、子どもの出番をどこかに設け、ご苦労さん会で褒め称えるところが素晴らしい。次に、子ども達に思いやりや助け合いの心、そして考える力を育んだ「群れ遊び」の例を挙げてみたい。私が育った集落は、戸数が70戸の農業と養蚕業を中心とする純農村地帯であった。この集落は、大きく三つの班に分けてあったが、行事によっては五つの小班に分けて活動されていたようである。行事内容によって大家族になったり、中家族や小家族の形態で動いたりしていて非常に機能的であったと思う。そんな町区（集落）であったので子どもの「群れ遊び」グループも、三つの班に合わせたようにできていた。もちろん時々であるが合体して遊ぶ時もあった。リーダーは、中学2年生であり、下の方は1人で歩くことができれば仲間と認められて参加できる。もちろん兄や姉の同伴がなければならない。「群れ遊び」で多くのことを学んだが、今でも強く意識していることが3つある。1つは、優しさと思いやりの心である。多くても15人位の人数である。どんなに小さな子どもでも大切な1人である。この子がいるからできる遊びをみんなで考え出すし、けがをさせないようなルールを作るのである。当然、どんな遊びをするかは、当日集まったメンバーを見てからの話し合いになる。2つ目は、縦割り遊びの難しさをどう乗り越えるかである。リーダーの資質が問われる場面である。中学

ゴムとび

歌に合わせてゴムをとぶ子どもたち
少人数やせまい場所でもできる

2年から幼児まで混在するグループでの遊びであるので、大きすぎる力の差をどう埋めるかで楽しさが変わってくるから難しい。ソフトボール（手作りのバットとそんなに固くないボールを使用）の例を挙げたい。小さい子どもほど後方を守らせ、打者の時はスローボールを投げてやる。小さい子がけがをしないように、また、親から子守りを頼まれた子どもも遊びに参加できるようにするのである。当時は、学校から帰ったらほとんどの子どもに手伝いが待っていたので、全員参加は難しかった。そこで、遊びに来た子ども達全員を参加できるようにすることは、リーダーの大切な資質の1つであった。3つ目は、緊急事態が発生した場合、子どもでもできる内容であれば、遊びをやめて全員で手伝いをするのである。一番多かったのが、庭での天日干し（米や麦）を小屋に収納する作業であった。突然の雨で、家には誰もいない状態の時である。1人ではとても無理な作業であるし、米や麦の大切さをよく知っている子ども達であるので自然に走り出す光景が今でも目に焼き付いている。

## 人工知能時代を実感した東京旅行

２０２１年11月、15年ぶりに上京した。20年間続けている学校開放事業「どようひろば」が認められ、博報賞を受賞することになったからである。

「時代遅れのお父さんが、東京へ行けるはずはないから誰かに付き添いをお願いしたら」と子ども達に進言された。昔を思い出し、お金さえあれば何とかなると強気に出たが、出発が近付くにつれて不安が増し、出張で上京する教え子に連れて行ってもらうことにした。久々の東京は、やはり、戸惑うことばかりで後ろからついて行くだけで精一杯であり、世の中の変化に驚くばかりであった。何かの本で読んだことがあるが、「今や人工知能の技術が社会や文明に革命を起こす時代だ」という言葉に納得した。乗り物利用時やレストランでの注文や会計等、何もできない自分が恥ずかしかった。私の様子を見かねた教え子が、心配で仕方ないと帰りの羽田空港まで同伴してくれたので無事に帰ることができたが、子ども達には半分程度しか報告していない。テレビや新聞等で連日のように流される世の中の変わりようを見たり聞いたりしていたが、今回の上京は、実際の世の中の急激な変化を体感させてくれた。その意味も含めて、3日間の上京は意義ある「本物に触れる体験旅行」となった。しかし、戦後の暮らしに学んだことを現代に生かす取り組みを進める私にとって、気になって仕方がないことがある。東京といえば、人の多さや満員電車がぱっと浮かんできて息苦しさを感じるが、デパートやレストラン、ホテル、駅等では、前回の上京と違って働く人が非常に少なくなっていたことに驚いた。少数ですむ時代になったのだろう。便利は私たちの生活を豊かにしてくれたが、反面、様々な問題を噴出させてきたのも事実である。私たちはどう対応していけばいいのだろうか。また、子どもの世界にも不登校をはじめ、いじめや自殺、虐待等年々増加傾向にある事が心配されるが、さらにその問題を複雑化しているのが、子ども達のスマートフォン所有の増加と、それを使った事件に巻き込まれることである。

私は、子ども達の教育に直接関わるようになってから、退職後のボランティア活動まで含めると56年が経過している。その歩みの中心に掲げていることが「本物に触れる体験活動」である。それは、人間力育成の核になる活動であることを実感しているからである。

今後、さらに便利さを求め、世の中は進化発展し続けると思うが、人間が人として生きていく以上、人間力育成は必要不可欠なことである。

博報賞授賞式
2021年11月13日
日本工業倶楽部会館

# 第3章

# 希望の光が灯る

## 村岡雑貨店〝開店！〟

1955年、小さいながらも我が家（兼店舗）ができた。母親の故郷の友人から「建て直しをするので家を買わないか。そんなに年数は経っていないので十分使えるよ」と声を掛けられたのがきっかけである。小さくて中古の家であったが初めての我が家、兄妹と寝転がったりして喜んだことを鮮明に覚えている。雑貨店経営をするのが主目的であったので、担当である母親は隣の町区にある雑貨店に数日、勉強を兼ねて通っていた。とにかく店の経営は初めての仕事である。今までの母親の顔とは違っていた。母親の心中を読めない四男と私、妹の3人は、どんどん増えていく商品に興奮しっぱなしであった。一番苦労したことは、ご飯の準備をする台所や風呂場、井戸等が外にあったことである。さすがに風呂場だけは、近所の大工さんが屋根と囲いを造ってくれた。後で分かったことであるが、店舗を少しでも広くとるために台所が外になってしまったそうである。こんな造りの変更で雨の日、特に梅雨時の大変さには苦しめられた。傘を差しながらの食事作り、湿った燃料やマッチ、合羽を着ての井戸水汲み上げ作業、風呂水入れ等、今なら、とてもできることではない。しかし、この苦しみは、私達に自分で考え、決定し、実行する力を与えてくれたような気がする。中学卒の兄が都会の東京や名古屋で、営業マンとして定年まで頑張れたのは、子ども時代の様々な体験活動で鍛えられた自己決定力のお陰ではないのかなと私に話してくれる時がある。教員の私に兄がそんな話をするには、これからの私の歩みにヒントを与えてくれているようで有り難かった。朝は、ほとんど母親が食事作りを担当していたが、夕方は店が忙しく、ほとんど私と兄で夕食を作っていた。もちろん客がいない時は、母親が作っていたが、こんな場面で、はっきりしていたことがある。それは、兄弟の性格の違いである。兄はさっさと遊びに行くか、父親のいる借家に行って、養豚業の手伝いをするかのどっちかである。私は、兄と違ってお喋りであるので客対応がある店番を喜んで選んだ。人と会話してお金を扱う、こんな楽しい仕事はないのにと、兄の行動を理解できなかった。

借家の方は今まで通り、飴づくりと養豚業を父と三男が続けていた。当時は、現代のようにお菓子の種類が多くなく、甘い飴がたは飛ぶように売れていたことを記憶している。

仕込みは父親、仕上げは家族全員で、販売は三男が中心というように分業でしていた。原料はもち米で、全て手作りであるからか遠方から買い求める方が多く、いつも品不足状態であった。もち米から出る絞りかすが豚の餌に最適であると始めたのが養豚業である。中心は父親であるが、私と二歳上の兄に毎日のお世話（夕方の餌やり、豚小屋掃除）が割り当てられていた。２つとも大変な仕事であったが、三男の考えか父親の先見の明か分からないが、徐々に飴づくりを縮小していき、代わりに雑貨店経営に力を注ぐ流れになっていった。後日、三男の話によると、自分も東京に出て働きたいと父に願い出た結果が、飴づくりから雑貨店経営に切り替わったとのことだった。養豚業は、１９５９年（私が高校１年生）まで徐々に縮小しながらではあったが、父親１人で続けていた。１９５７年、11人の大家族が４人だけの寂しい小家族になってしまった。私と妹にとっては、兄や姉と別れる寂しさより母といつも一緒に生活できる喜びが勝っていたようで、手伝いを競ってしていたことを思い出す。幼少時代に甘えたことがない私は母への接し方が分からず、ただ近くにいたいばかりに手伝いに力を入れたかもしれない。いずれにしても、引き揚げ後、初の自前の家で生活できる喜びは、私と妹はもちろんであるが、母の背中にも感じることができた。前かがみが多かった姿勢が背筋を伸ばして歩いているように見えたのである。もう1つ大きく変わったことがある。苦難の引き揚げで、貝のように口を閉じた母が雑貨店経営者になったとたんによく喋るようになったことである。生活基盤が安定したことと、小さいが雑貨店経営の総責任者となったことなどが考えられる。隣の町区まで合わせても150戸ぐらいしかない小さなところであるが、人の出入りも結構ある県の施設が目の前ということもあって経営は順調であった。私を最も必要とする時間帯は、3時（午後の休憩時間）と5時（働く人達が帰る時間）である。一斉に買い物やおやつ食べに来られるので、1人での対応は難しい状況であった。3時に間に合う日は、そう多くはなかったが、5時の対応は十分にできたと思っている。部活などする暇はなかったが、甘えたかった母親と一緒に仕事ができる喜びは、寂しかった私の心に幸せの花を咲かせてくれたのである。

## 両親との絆強めた出番と役割

私は、明るさとお喋り（過ぎる面もあるが）で近所でも人気者の1人であった。何かと暗い世の中であった戦後、私のような性格はみんなに受け入れられたようで、極貧生活の中で育った割にはひどいいじめに遭ことは無かった。一方、無口でおとなしい2歳上の兄を家族はとても心配していたようだが、意外と上級生に可愛がられている姿を見て安心していたようだ。私と違って無口であるが、手伝いや町区の子ども行事で忙しい中学生にとっては、黙々と働いてくれる兄は貴重な存在であったようだ。そのためか、ひどいいじめに遭うことは無く、あってもリーダー的存在の中学生が仲裁に入り、いじめを解決してくれていた。町区における子どもの世界から我が家の様子に目を向けると、ここでも性格の違いがはっきり出ていた。養豚業と雑貨店経営の2つの仕事が我が家を支えることになったが、2人の出番と役割には、大きな違いがあった。どんなに忙しい時でも兄は店番を嫌い、お客さんと顔を合わせない裏方の仕事、例えば、裏庭にある台所での洗い物や風呂掃除などをしたり、借家の方に自転車で出かけて父の養豚業を手伝ったりしていた。性格の違いで自然とそうなったのか、両親の仕掛けか分からないが、いずれにしても私にとっては、店で働くことが嬉しくて楽しい日々であった。生きていくのに精一杯の両親であっただろうに、子どもの性格にふさわしい出番と役割をさりげなく与えてくれたなと思っている。自分が教師や親になって初めて気づかされたが、子どもの成長、いや、親の成長にも機会あるごとに与えられる出番や役割が果たす効果は、実に大きい。穏やかで責任感の強い兄の性格を分かっていて、豚やその他の家畜の世話係を父親が命じたようである。人前に出ないで済む手伝いであれば、黙々と最後まできちんとやり遂げる兄は近所の人からも絶賛されていたことを覚えている。お喋りで人前に出たがる私は、母親を手伝う店員の仕事がいいだろうと2人で決めたのではと推測するが、私達の良さを伸ばすのにふさわしい仕掛けだったのではと親に感謝している。そんな子育てが役に立ったのかどうか分からないが、集団就職で上京した兄は、営業マンとして頑張る傍ら、夜は高卒の資格を取るために夜間高校に通い、最後は部長職まで昇りつめた努力の人であった。あの無口な兄が16年ぶりに故郷に帰ってきた時、喋りまくる人に大変身していた。その姿を驚きと満足そうな目で見る両親の笑顔が忘れられない。兄の旅立ち（集団就職）の夜、暗い炊事場で泣いていた母の姿を見ている私だけに、母の笑顔の裏をつい考えてしまう。妹を入れて4人の寂しい小家族になってしまった我が家にとって、中学卒業で職を求めて家を出た兄や姉が、1人前の大人になった姿を見せてくれることは、両親にとっては大きな喜びであったと同時に申し訳ない気持ちもあったのではと思う。。「15歳の春に全然知らない東京へ。大変な苦労をかけてごめんなさいね」のお詫びと同時に「よーし、頑張るぞ！」と両親はもちろんであるが、妹と私にもやる気を与えてくれた兄の晴れ姿であった。東京へ戻る日、私と妹はバス停まで四男を送っていった。見送る妹と私に、窓を開けて手を振る無言の兄であったが、「後は頼んだぞ」と私達にエールを送るようなまなざしに見えた。その日の夜は、長年にわたる心配から解放されたからか、たくましくなった兄を見てはっとしたのか、母の背中は普通に見えた。

兄が上京してからは、店員と養豚業の手伝いに追われる日々が続いた。養豚業における主な手伝いは、大きな仕出し屋さんから週に2回頂く残飯を、我が家まで自転車で引っ張るリヤカーに乗せて運ぶ父を手伝う助手の仕事である。私は、リヤカーの後からついて行くが、坂道があると先回りしてリヤカーの後から押してのぼりを助け、くだりはロープでスピードがでないように引っ張るのである。正直言って嫌だったこの手伝いは、中学から高校まで5年間続いたが、喜んで食べる豚の仕草や鳴き声が私を我慢させてくれた。小屋の中に入ると、私の膝あたりに嬉しそうに肌をこすり付けてくる仕草に疲れも吹き飛ぶのがこの手伝いの良さであった。いや、もう1つ命について考えさせられる学びがあった。それは、大きくなった豚が買い取り業者に引き取られ、悲しそうな鳴き声で去っていく光景である。人間の食料になると分かってはいたが、子豚の時から愛情を込めてお世話してきた者にとって、辛く悲しい1日である。現在、命の大切さを伝える道徳の授業を県内の学校で実施するボランティア活動をしているが、こんな体験が根底にあるからできると思っている。

自分にできることは何でもやると強がりを言う私であったが、同級生には見せたくなかったことが2つあった。貧乏を気にしないで思うがままに行動してきた私であったが、本当は、神経質で気が弱いところがあった。甘えが許されない幼少時代に両親の背中ばかりを見て育ったせいか、無理して明るく気丈に振る舞う自分が、いつの間にか本当の姿だと思われるようになったのである。1つは、残飯を乗せたリヤカー押しの姿を下校中の同級生たちに見られたくなかったことである。放課後、素早く姿を消し、料亭から頂いた匂いのする残飯の入った樽を乗せたリヤカーを引く父親に約1時間（週に2回）同行するのである。これと同じように見られたくなかった手伝いがもう1つある。学校帰りに、店の品物を卸問屋から仕入れ、自転車の荷台に山のように積んで帰る姿である。田舎の小さな店であるため、仲卸屋は週に1回ぐらいしか来ない。そのため品切れする時がよくあり、学校帰りに問屋さんから買って帰らなければならなかった。そんな時、友達の下校時間と一緒になることが時々あり、赤面しながら自転車のスピードを上げていたことを思い出す。私は就職を考えている高校生であったので、学校の勉強より、商売に力をいれていた。この手伝いは、その後の人生に大きく役立っている。特に、大人の世界に進んで入り込み、少しでも安く、しかも、お客さんが喜ぶ新商品を見定めてどのくらい仕入れるのか、自分の考えで決定し卸問屋の店員さんと交渉するのである。電話も無い時代である。経営者である母親に相談もなく決定せざるを得ない場面がよくあった。高校3年時の担任の先生は、私の日々の行動をどこかで見ていたに違いないし、この先生との出会いが私の運命を決めたといっても過言ではない。雑貨店経営は、我が家を支える核になる仕事であり、どうにか4人家族の生活を支えてくれた。しかし、予期せぬ二男の入院・手術や自宅建設で負った借金が経営を圧迫し始めたのである。借金取りに頭を下げている父の姿を何度も見ている。1960年、私が高校2年生の時、父は養豚業をやめ、三女が養女に行った義弟が経営する質屋と麻雀店の雑務係として働くことになった。まだ車が少ない不便な時代、父は週末にバスで帰ってくるが、借金を返すためとはいえ、養女にやった先の義弟の仕事の下働き、しかも高齢になってからのことである。愚痴も言わず、ただひたすら働き続け、借金を返していく父の姿に申し訳なく、高校に行く意義が見えなくなった。高校2年生の時は、最も苦しんだ時である。学校をやめて仕事をするか、いや、母親1人でできるはずのない雑貨店経営、悩みに悩んで出した結論は、学校は辞めずに母親の仕事を手伝い、商店経営者としての道を歩もうということである。村岡商店の営業部長（卸問屋の社長たちが勝手につけたニックネーム）が誕生した時であり、高校3年生の春のことである。

## 売り上げ倍増大作戦

部活動や友人と遊び回ることは許されない日々、ゆっくりできるのは日曜日だけだった。やっと深まった母親との絆、経営の大半を私に任せてくれた高校3年生から大学までの5年間で私も店も大きく変貌を遂げた。あの当時、母親の表情を少し明るくしたと自慢できる「売り上げ倍増大作戦」が3つある。1つは、朝の牛乳配達である。元々、頼まれて5～6軒ほど配達をしていたが、新聞配達のように朝の時間にきちんとしたいと考え、店の入り口に申し込みのチラシを貼り、書き込んでもらった。40軒前後の申し込みがあり早朝配達を始めたが、生ものであることや梅雨や積雪等の天候に左右されるなど、実際やってみると大変な仕事であった。2つ目の作戦は、買い物帳（手書きのレシートの役割）導入である。現金がなくても買い物帳に記帳し、後日、お金をまとめて払うやり方である。田畑からの仕事帰りに買い物ができ、また、県の施設で働く日々雇用の人たちは給料日に払える、ということで大好評の買い物帳であった。しかし、当時は苦しい生活の人が多く、予定通りには集金できず、逆に経営が苦しくなってきたため、数年で廃止せざるを得なかった。3つ目は、宅配である。現在の宅配業に似ているが、私が一番自慢できるものであった。当時は、手間暇かける手作りの時代であり、農繁期の忙しさは想像を絶するものがあった。農家で一番忙しかったのは田植えであるが、時期が少し早い中山間部から、多くの人達が日々雇用の形態で手伝いに来られていた。各農家の規模によって違うが、3～4日は泊まり込みで働いておられた。この時期は、村岡商店も超多忙であった。3時のおやつタイムにパンや饅頭を出されることが多く、10～20軒位の家から注文を受け、田植え現場まで配達しなければならなかった。1番大変だったことは、注文通り品物を、しかも、指定の時間に配達することである。品物を箱詰めし、表面に配達先の名前と場所を書く作業に最も気を使った。人を雇っての田植えは1週間ばかり続くが、パン配達中にうれしい別注文が入ることがよくあった。「夕飯のおかずに使う何々材料を届けておいてね」の言葉かけである。こんな体験をもとに取り入れたのが、農繁期だけでなく、村の特別行事（お盆や正月、お祭りを含む）の時期にも、どこの家でも使う品物を事前に予約を取って回り、各家庭に配達する宅配業務である。宅配業務開始以降、私のポケットには、メモ帳と小さな鉛筆が入るようになった。また、牛乳配達中などに「夕飯の準備に必要なものがあれば、買い物帳記入で家に届けておくよ」という声掛けもできるようになってきた。これが好評で、多忙な農繁期や買い物に行く時間が取れない時などよく頼まれるようになった。私は、この宅配が一番売り上げ増に寄与したと思っている。お盆に仏壇に供える「餅」や暮れの「年越しそば」等は、全戸を回り、注文取りと配達業務をしたことが懐かしい。注文取りは私の出番で、配達は妹と手分けすることが多かった。母と一緒に仕事ができる雑貨店経営に魅力を感じ、精一杯努力をしてきたが、時代の流れが身近に押し寄せてきて、徐々にではあるが売り上げ減に転じていった。車社会になってきたこと、同時にスーパーマーケットが近場に出来たことが大きな理由である。結果論であるが、担任の先生の指導や母の決断で教師の道を選んでいたことは、私の人生において正しい判断であったと思う。

# 第４章

# 怒りの叱責と衝撃的な別れ

## 教員生活に胸躍る

「お父さんの故郷に育てられたあなたです。兄や姉たちは遠くに行ってしまった。故郷にご恩返しが出来るのは、あなただけよ。貧困に苦しむ家庭は私たちだけではない。様々な家庭環境で暮らす子ども達一人一人に目配り、気配りができる先生になれるはず。期待しているよ」

この言葉は、大学進学を決断した時の母の励ましの言葉であるが、極貧生活の中での母の重い決断が痛いほど伝わってきた。初めて向かい合って聞く母の話、厳しさの中に温かさを感じる「まなざし」が忘れられない。出口がなかなか見えない極貧生活の中でのあの「まなざし」、子どもが出来てからいくらか理解できたが、母を本当に誇りに思う。

１９６６年（昭和41年）に教員生活が始まったが、好景気の入り口あたりであったろうか、貧富の差を感じる教室の風景であった。下手な授業で、保護者から苦情を受けたりもしたが、教師になれた喜びと母の期待に応えたい情熱で乗り切ったと思っている。遠足に行けない子どもに母が作った弁当を早朝にそっと届けたり、卒業式前後に私の家で面倒をみたりしたことなどが退職後のボランティア活動に生きている。極貧生活の中、私達の弁当を作る母の姿を思い出さないが、担任した子ども達への弁当づくりだけはしっかり覚えている。ごちそうではないが（薄板の中におにぎりと竹輪と天ぷら、昆布の佃煮）、楽しそうな背中に見えた。きっと「弁当を食べてくれる子どもと担任の我が子に、頑張れ！」と応援してくれているに違いないと思えて嬉しかった。1人1人に目配り、気配りをする教員生活に力を入れたのは、故郷へのご恩返しの意味もあるが、自分にとって苦痛であったことを目の前の子ども達に味わわせたくないという強い思いがあったからである。こんな思いは、学校の外においても、例えば、隣近所の子ども達への無料塾や若手教員とサークル活動の立ち上げ等にも広げていった。79歳になった今も活動させてもらっているのが佐賀市立嘉瀬小学校の「どようひろば」顧問（地域ぐるみで子育て、学校開放事業）、県内の小中学校を訪問して実践する訪問授業「生と死を見つめて」、PTA主催「講演活動」である。口と足が動く間は、戦後の暮らしの中で体感してきた日本のよき伝統を伝えていきたい。

## 怒りの叱責と再出番

待望の教員生活を始めた昭和41年、運良く通勤時間30分程度の小学校に赴任することができた。当時は、車社会の入り口にあたる時期で、8割ぐらいの先生方が自転車かバイクで通勤されていた。バイクが買えなかった私は、自転車で1学期間通ったが、梅雨時の苦痛が我慢ならず、1年間で払う約束でバイクを買った。給料日に母にいくらかでも渡すことを夢見ていたが、先輩の先生方との懇親会も予想以上に多く、バイク代を差し引いたらほとんど残らなかった。食事代と言って定額を渡すことができるようになったのは、4年目位からである。学生時代頑張った村岡商店の営業部長も休止状態(日曜日だけは手伝う)に追い込まれ、母1人の雑貨店経営は徐々に厳しくなってきていた。そんな中、突然もち上ったのが村岡商店『20周年記念』事業である。近くの小学校図書館に司書として勤務していた妹と私を前に、母は現在の心境と今後の雑貨店経営について、ゆっくりと話し始めた。

「あなたたち2人が働くようになったので、お母さん、ほっとしているよ。やっとここまできたかと思う嬉しさをお世話になった町区（70戸）の皆さんに、村岡商店『20周年記念』として少しばかりの品を全戸にお届けしようと思うがどうかな？」

母の提案に対して、私と妹はそれぞれにそのことに対する思いを喋った。妹と意見交換することは、初めてのことで少し眩しく感じもしたが。いつの間にか1人前の大人になったなあという驚きが大きかった。母の提案に、何を贈るかでもめたが二人とも大賛成であった。ただ、ここまでの歩みの中で、妹も私も温度差はあったにせよ、心の中に悔しかったこと、悲しい思いをしたことがたくさんあったことは事実である。このことがついこの場で2人の口から出てしまったのである。「70戸全部に配らなくても、村岡商店に協力的な家だけでよかとではなかね」この言葉が母を怒らせた。初めて見る怒りの形相、怖くてしっかり見つめることはできなかったが、涙を流していたことは間違いない。母は、店をほっぽり出してどこかに行ってしまった。母が帰ってきたのは夕方である。手に大根をぶら下げていたので、どうやら畑に行っていたようだ。母のいない時間に妹としっかり話し合っていたので、夕飯を食べながら2人の考えをゆっくり説明し、謝った。「お母さんの気持ちをしっかり受け止めてやり方を考えるから、私達2人にこの事業を任せてくれ」と話し、費用は私達の給料から出すことも告げた。しばらく間をおいて、母は静かに口を開いた。「私が悲しかったのは、今まで何回も言ってきたことがあなたたちの身についていないことよ。私たちはお父さんの故郷であるこの70戸の集落に助けてもらって今日があるのよ。ここまで頑張れたのは、誰のお陰かを考えるならば小さな出来事を取り上げる必要はないでしょうが。この開店20周年という節目に、私達の感謝の気持ちを表現することが出来るということを聞いて、お父さんはとても嬉しそうだったよ。あなたたちはもう立派な大人です。お父さんのこれまでの辛さを考えることができるはずよ。内容もやり方も全て任せるからね」

自分では、1人前の教員になったつもりでいたが、そうでないことを思い知らされた。母親の叱責を受けはしたが、やり直す機会を与えられたことや無口な父の喜びを伝えられたことが、私たち2人のその後の人生にとって、大きな役割を果たしてくれたと思っている。今でも覚えている贈り物は、もちや魚を七輪で焼く時に使う金網2枚と、マッチの大箱であった。過去、あまり喋ってくれなかった方々からもお褒めの言葉を頂き、感謝と感激の事業となった。

## 我が家に大きな春が来た

1973年、我が家にとっては喜ばしいことが二つ続いた。私の結婚式と両親の金婚式である。私の結婚式に合わせて金婚式も実施しようという計画が長男を中心に進められていた。関東地方に住んでいる2人の兄たちのことを考えると、この機会を生かさない手はないと県内在住の姉や妹は大賛成であった。9人の子ども達のうち、7人が集まる大行事である。7人が一堂に集まる光景は記憶になく、初めてであった。我が家にとっては、私の結婚式をきっかけとして金婚式が浮かび上がったことは大変な価値ある出来事であった。引き揚げ後の極貧生活の中での子育てに苦難の日々を送ってきた両親を慰労するには、最適なプレゼントであったと思う。我が家の2大行事の間が、1日しかなかったので超多忙であったが、両親の前に7人もの子ども達が集まることは2度とないだろうとみんなで言いながら、笑いが絶えない食事会へと盛り上がった。特に、両親の満足したような笑顔が今でも鮮明に残っている。宴会も佳境に入った後半に、すごい出来事があった。両親はもちろんのことであるが、何も聞かされていないプレゼント贈呈式に私も驚かされた。3泊4日の韓国旅行の書類が両親に手渡されたのである。後で聞いた話では、長男と三男中心の企画らしい。費用は、7人の子ども達で平等に負担すると長男から説明があった。さらに驚いたことに旅行会社の女性職員が登場し、自分が添乗員としていくので心配なさらずにと、説明を兼ねた挨拶があった。感激した母は泣き出し私達ももらい泣きしたが、高齢の両親を家族の付き添いもなく韓国への旅に出すことは、心配でしょうがないとこの方法をとったようだ。後で聞いた話では、長男の知り合いの添乗員とのことで我々もほっとした。生活していた北朝鮮には行けないが、境界線の近くまでは行けると思うという説明に仕方ないねという表情をしていた両親であるが、心の中には寂しさが漂っていたに違いない。

　長男が福岡空港まで送迎役をしてくれたが、無事帰ってきた夜、近くに住んでいる姉や妹も駆けつけた。笑顔で話す両親の土産話に、私達は耳を傾けた。20数年暮らした平壌の土を踏むことは出来なかったが、心の中にあるもやもやがいくらか晴れて帰ってきたようであった。この企画は、両親への最高の贈り物だったと喜び合った。

母親には悪いけど、私はひょっとするとこの旅行がきっかけで、引き揚げ前後の話が聞けるかもしれないと期待に胸を膨らませていたが、叶わぬ夢に終わった。韓国の話を楽しそうに話す母、そして隣の無口な父が珍しく時々口を開く、こんな光景を初めて見た私は、終戦前後の数年間の話を聞きだすことはやめようと決めた。とにかく、語らない以上、喋りたくないことが山ほどあるに違いない。言えば言うほど母を苦しめることになるに違いない。これからも母の想いが詰まった背中を見ながら、前へ前へと進んでいく旅路に切り替えた。

## 大水害と母の故郷

1953年（昭和28年）、私達の居住区が大水害に襲われた。4年前の昭和24年にも同規模の水害に襲われたらしいが、私の記憶には28水しか残っていない。「あめがた」製造と養豚業でやっと落ち着いてきた生活も、自然災害をもろに受け、引き揚げ直後の生活に戻ってしまった。しばらくは生きる希望を失いかけたそうだが、神の恵みでしょうか「あめがた」づくりの小道具が流されず全部残っていたらしく、父と三男の頑張りもあって、3か月後再興させることができた。学校も1週間ほど休校になったので、兄や姉たちに交じって、家内外の掃除に明け暮れた。近所の全家庭も我が家と同じく、大きな被害を受けておられたので、水害以前のように野菜等を頂くことは簡単なことではなかった。

水害後の苦しい生活から脱出するため、母も動き出した。引き揚げ後に主な収入源になった農産物の行商である。やっと母と一緒の暮らしに馴染んできたというのに、また、長時間会えない日が続くことになった。ただ、今回は、「あめがた」づくりが軌道に乗るまでの半年と決めていたようだが、水害の影響を受けて品物が手に入りにくい状況が都市部の人を苦しめていたこともあり、多くの人の要望で2年近く続けることになったと姉の話を聞いたことがある。この大水害は多くの人々を苦しめたが、極貧生活からやっと脱出しかかった我が家にとっては死活問題であった。何とか踏みとどまることができたのは、

２つの大きな支えがあったからだ。１つは、「あめがた」作りと養豚業の全滅が避けられたことである。降り続く雨のため、作り上げた「あめがた」を遠くに送ったり、配達区域内の商店に卸して回ったりすることが出来ず、多くの商品が家の中に溜まっていたことである。これが幸いして、飛ぶように売れたのである。もう１つの大切な収入源である養豚業も神の恵みであろうか、35頭のうちの20頭が家の中に泳いで入ってきて助かってくれたのだ。三男と父が大きな喜びの声を上げるので、屋根裏から下を覗いてみると、泳ぎながら玄関に入ってくるのが見えた。奇跡的に助かったのである。後の15頭は、残念ながら流されてしまった。毎日、お世話を頑張っていた四男は、15頭も必ず帰ってくると信じていたようで、水が引いた後も川や森の中を探していた姿が今でも悲しい光景として残っている。生き残ってくれた20頭は我が家にとっては貴重な収入源となって水害後の経済的痛手を救ってくれた。もう１つは、母の故郷の存在である。私達の生活の拠り所となっているのは、父の故郷であるが、それより20キロメートル位北方の山間部に広がる集落が母の故郷である。ここには祖母や母の義姉や妹、従妹たちなど多くの親戚が住んでいた。私も年に何回か遊びに行って、泊ってくることが大きな喜びであった。お祭りの時など食べたことがないようなご馳走が出るので、最高の楽しみであった。ここで生まれ育った長女が母親である。祖母が親戚に協力を要請し、山で採れた山菜やお米、野菜等をリヤカーに積んで、都市部の住宅街を売り歩くのである。水害による田畑の被害が、いくらか少なかった母の故郷の支援があって初めてできる行商であった。自分の故郷の話は、あまりしない母であったが、何回かポロっと語ったことを覚えている。今になって思うことは、ただひたすら家族を養うために日夜働く父親の姿に対して、母の最大限の気配りだったであろうと思っている。

## 衝撃的な両親の旅立ち

1985年（昭和60年）9月29日。早朝に父が、そして5時間後の昼過ぎに母が、同じ病院内で亡くなった。突然襲った両親の同じ日の死亡。前夜から病院にいた私は気が動転して、今、何をどうしなければならないのか分からない、茫然自失の1日となった。2カ月ほど前から、胃がんで入院していた86歳の父、そして前日まで元気に看病していた80歳の母である。病院の近くには、長男と私、少し離れて妹の3人が住んでいた。平日の夜は、ほとんど私が病室を訪問していた。前日も母の夕飯を作って届けに行き、待合室で食べさせていた。途中、看護師を通じて医者の指示が私に伝達された。「明日か、明後日ぐらいまでのようだ。遠方の子どもさん達には、今夜にも連絡をした方がいいと思います。」毎日の看病で疲労困ぱいの母には知らせない方がいいのではないかと思ったが、「東京の兄たちも心配しているだろうから、現在の危ない様子を電話しておくね」と食事中の母に伝えた。それから30分後、トイレに行った母が戻らず心配していたが、騒々しい看護師達の動きが気になり、私も走って現場に行った。倒れているのは母ではないか。

無我夢中で近付こうとするが、看護師達に阻止された。集中治療室に運び込まれた母とはその晩は面会も許されなかった。半狂乱状態の私は、6階の父の病室と2階の集中治療室を何度往復したか分からない。エレベーターを使わず、階段を走り回る姿は、病院内の人たちにとっては、異様な光景に映っただろうと思う。葬儀の日、階段を走る私を見た知人が、顔つきが尋常ではなかったので何があったのだろうと心配していたと話してくれた。

私は階段を何回も走るとか、知人とあったことなど覚えていない。いつものように夕飯の差し入れと母へ休息を与えるために来たのに、目の前に起きていることは両親の危篤状態である。今、自分は何をどうすればいいのかという動揺と、自分の浅はかな対応が母を危篤に追い込んだのではないかという罪の意識が入り乱れ、悲しみや涙のない異様な行動につながったようだ。高齢者、しかも、２カ月に渡る看病の疲れが溜まっている状態であるのに、もう少し母を思いやる言動が出来なかったのか、今でも後悔する日々である。母の病名はくも膜下出血であった。最期を迎えようとしている２人に何もできず、「神様助けてください」と祈るのみであった。一番辛かったのは、父親が異変を察したのか、「ばあちゃんは、ばあちゃんは」と苦しい息の中から何度も訴えるように私に問いかける時であった。母を一生懸命探すような悲しい目つきが瞼に焼き付いている。極貧生活の中での９人の子育て、ただひたすらに働き続けた2人が残してくれた子育ての最大秘訣は、「子どもが本来持っている力を信じること。その力は、子どもに出番と役割を与えさえすれば必ず芽はでてくる」ということである。9月29日、父は朝、母は5時間遅れの昼過ぎに旅立った。朝鮮半島と佐賀を舞台に繰り広げた、両親の波乱万丈の子育て人生、１９８５年9月29日、

2人一緒の旅立ちで終わりを告げた。言葉には表現できないぐらいの苦しく辛い極貧生活に、愚痴もこぼさず、ただひたすら働き続けた両親に感謝しつつ、子ども達への思いをしっかり受け止めて今後も歩き続けたい。

2人の葬儀を通じて思い知らされたことは、両親の偉大さである。それを感じたのは、弔問客と両親への思いを涙ながらに語られる人の多さである。両親の人柄や頑張りはもちろんであるが、最期まで支えてくださった地域の方々の真の思いやりや互助精神に裏打ちされた「愛のまなざし」を、両親との別れで改めて実感した。毎日、仏壇の前で手を合わせることにしているが、時々つぶやく時がある。「母と約束した、気になる子ども達への支援を意識したいくつかのボランティア活動をしているよ。元気ある限り頑張るからね。今日は、近くの小学校で命の道徳授業をしてくるから」

現在、大病による絶望の淵から完全に抜け出したのではと思われるぐらい元気な私であるが、目指す人物像のモデルでもある両親に学んだ価値ある財産のお陰だと思っている。その財産とは、人としてどう生きるかや生と死を見つめる人生観を持つこと、共生や人権を大切にする「愛のまなざし」を育む教育の推進に向けて努力することなどである。この価値あるものは、可能な限り次世代にしっかり伝えていくことが大切であると考えている。両親の後ろ姿を、死の直前までしっかり見続けてきた私は、それを自分の責務であると捉え、ささやかなボランティア活動ではあるが、子ども向けや大人向けの活動をいくつか実践している。また、そうすることが、戦後の大変苦しい生活の中で私達11人の大家族を温かく包む「愛のまなざし」で応援して下さった両親の故郷の方々への恩返しにもなるのではないかという思いもある。今、病気のことも忘れ、元気に、しかも楽しみながらいくつかの仕事が出来るのも、父の厳しさと母のやさしさが織りなす「子育てハーモニー」が、今でも天国から私に降り注がれているからではないか、そんな気がしてならない。手足と口が元気な間は、子ども達に「命の大切さ」を伝える旅を続けたい。

# 第5章

# 両親が奏でる子育てハーモニー

## 両親の口論「もう限界よ…」

私が小学校3年生で、寒い冬のある日の出来事です。すすり泣く声と怒りの声が混じり合った夫婦げんかで目が覚めた。そおっと起き上がり、障子の破れから炊事場を覗くと、「あめがた」の材料づくりの大釜の前で両親がやり合っていた。初めて見る夫婦げんかである。震えながら覗いていると、兄や妹もいつの間にか私の後ろに来ており、怖そうに耳を傾けていた。なぜか次の会話の部分だけが残っている。

「もう疲れた。これ以上頑張ることは私には無理よ。明日の朝、炊く米も底をついている。朝食も弁当もないよとは子ども達に言えない。」

「今の時間にそんなこと言ってもどうにもならんだろうが。…」

「もう死んだほうがましよ。こんな苦しい生活いやよ。もう限界、…」

初めて聞いた「死にたい」という言葉。怖くなった2人は、そっと布団に戻ったが、眠られない夜となった。今考えると、地獄のような引き揚げ者生活を切り抜けてきた2人、

9人の子育てをやり遂げた2人、愚痴もこぼさず、黙々と働き続けてきた2人である。そんな2人であるからこそあの程度の口論で終わったのではないかと今は思う。戦々恐々起きた次の日の朝、何事もなかったかのように時は過ぎた。朝食のメニューはいつものとは少し違って、みそ汁とご飯と漬物であったが驚いた。なんとご飯が真っ白のもち米ではないか。兄や妹も驚いていたが、「あめがた」の大切な原料であるもち米を朝食として使ったのである。「もち米はおいしいけど、重いので茶碗一杯でやめときなさいよ。」と言いながら茶碗に盛ってくれる母の表情は意外にも明るかった。これは、父のアイディアだなと言いながら3人そろって家を出た。この日は、久しぶりに3人とも弁当持参の登校であった。もちろんもち米であるので、少々小さめのおにぎり2個と竹輪がおかずとして入っていた。両親の「あうん」の呼吸が、3人の子ども達に幸せの学校生活を与えてくれたのである。私達3人（四男、五男、四女）は小学校時代、弁当のない日が半分位あった。弁当の時間になると、運動場へ遊びに行くしかないので素早く教室を出た。運動場のすぐそばを流れる小川で、水遊びか魚とりが多かったが、寒い冬場は校舎の南側で日向ぼっこか漫画本読みをしていた。教室から見えない場所を意識して選んでいたのは間違いない。その寂しさをいくらか救ってくれたのは、私たちの環境と変わらない子ども達が10名ほどいたことである。毎回のように顔を合わせる子どもは5人位で、毎回メンバーの半分は入れ替わっていた。いつも不思議に思っていたが、人数が多ければ多いほど賑やかで声が大きくなり、楽しいひと時になるのである。仲間が増えることで、辛さ、寂しさを一時的に忘れるからであろうか。

## 子育てを支える父の苦悩

貝のように口を閉ざし、私の質問に最期まで答えてくれなかった母親の心の闇に少しでも迫りたかったが、叶わぬ夢に終わった。今は、それで良かったと思っている。過ぎ去った過去の出来事を追って幸せになる人が出るならば、話は別だが…。終戦前後の苦難の日々を暮らした父の故郷での支援を受けての9人の子育て、想像を絶する生活を強いられたであろうことは容易に察しがつく。そんな苦難の中を奮闘する母親にスポットを当てた

「心の旅路」にしているのは、ロシアによるウクライナ侵攻の報道で見たある場面である。銃声や爆発音の中を走って避難する女性と子ども達、その中でも血が出ている子どもや1～2歳の幼児を泣き叫びながらしっかり抱きしめている母親の姿が自分たちの引き揚げの姿と重なったからである。分からないことだらけの朝鮮半島からの引き揚げである。日本が戦争に負けたため、朝鮮半島で仕事をしていた私たち家族は、全てを奪われて体ひとつで帰って来たと、叔母達から聞かされていた。無口な父親であるので朝鮮半島での暮らしや引き揚げの話をすることは一度もなかった。そんな環境なので、親と子どもが絡むことがあればほとんど母親であった。しかし、一回だけ子ども達全員を前に厳しい叱責を受けたことがある。裏の家の柿を友達と取って食べた時である。黙って取ったから泥棒であるとひどく叱られた。ちょうどいい機会だと、家にいた5人（妹、私、四男、次女、三男）を並べて、「絶対に守れ」と3項目（盗るな、嘘つくな、目を見て挨拶）を命令された。我が家の置かれている立ち位置と地域の皆さんから頂いている支援のことなどを話しながら「これを破ったらここで生きていけないぞ」と後にも先にも厳しい口調の指導はこれだけである。当時は物不足の時代であったので、油断していると畑のスイカや大根までなくなっていた。そんな時私達に冷たい視線が注がれることがよくあった。だからこそ、警察官であった父は子ども達に厳しく言ったのであろう。終戦前までは、割と裕福な生活状況であったようだが、終戦後の極貧生活をよくぞ乗り切ったな、と親戚の人たちは父を褒める。9人の子ども達を育てるために、考え抜いて、しかも誰もができるわけでない「あめがた」づくりや養豚業、そして、三女を養女に出した義弟の家に、住み込みで事務補佐として雇われたりと精神的にも疲れ果てたであろうなと、今になってであるが申し訳ない気持ちで一杯である、何処にいるか分からない存在感の薄い父親であったが、大家族の土台を支えるために、肉体だけでなく精神的にもつらい仕事を黙々とこなしてきた素晴らしい人物であったなと自負している。子どもを育て上げた今だからこそ父親の苦しさや辛さ、喜びをある程度理解することができる。今、父が生きているとしたら何がしたいか問われるならば、「話し下手な2人の息子を毎週1回程度訪問させ、マッサージしながら対話をさせたい。」と答えるだろう。大人になった話し下手な孫と無口な祖父の組み合わせであるが、幸せを呼ぶかも知れない。

最近、同じ県内にいる養子に行った三女と時々話すことがある。父親が住み込みで働きに来た時は、薄々そうではないかなと親戚の人の話で思ってはいたが、親近感はわかずあまり近付かなかった。本当に申し訳なかったと、今はとても後悔している。窓から外を見ながら、寂しそうに話す姿が痛々しい。そしてつぶやいたのが「なんで私を養子に出したの」である。私は、何も言えなかった。

## 養豚業で学んだ命の重さ

1947年、待望の我が家が手に入る。古い家屋であるが小屋や畑がついている大きな屋敷である。借家であるがこんなに早く1軒家に住めるとは、みんな喜んだと兄や姉たちが話していた。我が家にとって一番良かったのは、家族が一緒に住めることである。約2年間、親戚や公民館に、分散して生活していたが、引き揚げ後初めて家族が揃っての生活が始まるのが夢みたいであったと話によく出てくる。私は小さかったのでその時の感激は覚えていないが、よく話すのが長男や次男たちである。上から4人は、親戚に預けられていた組である。小屋や畑付きの広い屋敷ということで、さっそく動いたのが父親である。1カ月ばかり家を留守して「あめがた」づくりの修業に出かけた。そして、途中1週間ばかり三男も参加したようである。それから1カ月後、「あめがた」づくりが始まった。家族総動員、しかも、夜のもち米の仕込みなど大変気を使う作業も入っている。忙しい製造工程であるが、家族のまとまりにはとても良かった。原料がもち米で、最後に絞りかすができるので始めたのが養豚業である。最初は、4~5頭で、丁度良いぐらいの餌の量であったが、「あめがた」より大金が入る豚の方に魅力を感じたのか、だんだん豚の数を増やし始めた。一番多かった時で60頭いた。当然餌が足りず、佐賀市内の料理屋さんから残飯を定期的に受け取るようになった。この助手が私である。私の部活は、養豚業の手伝いと雑貨店の店員の仕事であった。近所の子ども達が早く遊びたい一心で、私と兄の仕事である餌やりと豚小屋の掃除（バケツでの水くみ）を手伝ってくれた。豚は汚く匂いが強いが、本来はとても綺麗好きである。掃除が終わって綺麗な部屋になると、盛んに背中あたりを私の太ももあたりにこすり付け、嬉しそうな表情を見せる時がある。そんな時は、こちらもいい気分になるので、頭を擦ってやることにしていた。時々子豚が誕生するので、そんな時は女の子もたくさん遊びに来て子豚を抱いて喜んでいた。「あめがた」と養豚業でにぎやかな村岡邸になったため、群れ遊びの第2の拠点ともなった。私と兄と妹3人は生き物を飼うことで、楽しい事ばかりではなく、辛いことや悲しい場面にも数多く立ち会わなければならないことを知った。極貧生活の中で得た貴重な体験である。この体験は、現在、私がボランティア活動として実践している「命の教育」の訪問授業の土台となっている。私達3人がお世話している豚との悲しい別れが、年間2～3回やって来るが、1時間ぐらい泣いていたことを鮮明に覚えている。可愛がった豚が肉屋さんに売られていくのである。そのお金が我が家にとってどんなに大切なものか、理屈では分かっているが、殺処分される豚が可哀そうでたまらない。私達にとって一番つらい場面は、車から降ろされた檻の中に入れられる時である。これから先の出来事を知っているかのように甲高い鳴き声を上げて抵抗するのである。車が出ていくときも鳴き声を出すが、「行きたくないよ、ここにいたいよ」と私達に訴えているようで、3人とも数日は落ち込み無口になる日々であった。当時の各家庭での生き物を飼う目的は、食料としての生き物が中心であったので、悲しい別れは付き物であった。この悲しい別れが、命を大切にすることに大きく影響していると思う。

みんな仲よし
子どもたちと遊び仲間であった小動物たち（猫,犬,ニワトリ）
写真は昭和20年代、広い庭でゆったりと遊ぶニワトリたち
（佐賀市大和町　円通院）提供

# 第6章

# 生と死を見つめて

## 母との約束

私が生まれたところや日本への引き揚げについて、口を閉ざす両親。一緒に帰って来たはずの叔母たちも、誰1人としてその話題を出す人はいなかった。帰国後は、日々の暮らしに追われ、過去のことを考える余裕はなかったようだ。初めて経験したであろう極貧生活の中で、やっとたどり着いたのが「あめがた」づくりと養豚業、そして雑貨店経営である。何とか飯が食える自営業が始まり、父の姉や母の妹たちも家に出入りするようになったが、それは戦後の混乱がもたらしたものだったようで、すぐに、親子6人の静かな中家族になった。父が目を付けた「あめがた」づくりは、大ヒットを飛ばしたが三男の働きなくしては出来ない仕事でもあった。作るための体力と商店への配達業務をこなす人材が必要で、兄が一手に引き受けていたのである。その兄も、とうとう東京へ出て行ってしまった。すぐ上の兄も集団就職で名古屋へ旅立ち、両親と妹、私と4人家族の寂しい日々になったが、収入源である養豚業と雑貨屋は守らなければならない。私にとっては、学校が主なのか雑貨屋の部長が主なのか分からないくらい忙しく、しかも、大人の世界を渡り歩くような日々であった。そんな生活は、学校の成績を直撃したのである。就職希望の私にとっては、痛くも痒くもない問題であったが、心配してくださったのが高校3年時の担任の先生であった。命令調で言われたのが、奨学金をもらうための受験をしなさいであった。合格の確認後、私のうちまでわざわざ訪問され大学受験をさせましょうよと説得されたのである。「地元の大学だから雑貨屋経営をしながら行けますよ」この言葉が、母親の心に響いたようである。担任が帰った後、初めて母親と向かい合って話し合った。しかし、最後の決断は、夜、店を閉めてからになった。私は、母の苦悩が表情から読み取れた。「3人は中学卒で集団就職、1人は養女へ。そんな中、五男だけ大学へやることは出来ない。いや、1人ぐらいは大学にやっても、ばちは当たるまい。困ったなあ」これはあくまでも、私の推測である。父親が寝た後に、母と再度向かい合った。やはり、私の推測は当たっていた。悩み抜いて出した結論が「先生になりなさい」であった。「こんな小さなお店の仕事に、いつまでも縛り付けるわけにはいかない。そして、ずっと見てきたけど、あなたは先生という仕事にぴったり合いそうよ。担任の先生はよく見ておられるね。そうしようよ、決まり！」決断を下した母の顔は、別人のように輝いて見えた。その後、母は次のような言葉を私に投げかけたが、約束事と捉え今に至っている。「学生時代は、お店を手伝ってよ。それと、私のあなたに期待する先生像は、今までの生活を振り返ってごらん。あなたに愛の手を差し伸べてくださった人、愛のまなざしで励ましてくださった人、そっと見守ってくださった人等々、多くの人に支えられて今日があるでしょう。今度は、あなたが先生になって、様々な家庭環境から来ている子どもたち一人一人に目配り、気配りをする番よ。やれるよね」

38年間の教職員時代はもちろんのことであるが、退職して20年目を迎えている現在も、ボランティア活動で県内の学校への訪問授業（道徳⇩「生と死を見つめて」）公民館やＰＴＡへの講演活動、学校開放事業（佐賀市立嘉瀬小学校「どようひろば」）等に奮闘中である。年齢を気にせず、体力・気力が許す限り歩み続けるつもりでいる。

## 私が歩む教育の道

私が、20代後半に読んだ教育書に次のような言葉が書かれてあった。

「教育の道は、
　家庭の教えで芽が出て、学校の教えで花が咲き、世間の教えで実がなる」

どなたの作か分からないが、先輩教育者の方が学校だよりに書かれたものらしい。この言葉は、当時の私の心をしっかり捉えて今日に至っている。自分が通ってきた道をずばり表現しているのである。戦後の暮らしを体験し、地域親に育てられた私には、地域や家庭の教育力が学校教育に及ぼす影響の大きさを肌で感じる日々であった。教育の先人が残してくれたこの言葉は、教育の原点であり、私の教育人生の道標でもある。しかしながら、昨今の学校教育界は差別やいじめ、虐待、貧困、不登校等、様々な問題を抱えており、まさに教育の危機ともいえる状況である。家庭や学校、地域の関係づくりの崩壊が背景にあると考えられる。一番必要なことは、相手の気持ちや困っていること等に思いを寄せる心の育成、すなわち、思いやりの心を支える想像力を身に付けさせることではないか。そのためには、この3つの学びの場がそれぞれに役割を果たし、支え合う関係に戻らなければならないが、世の中の急速な変化が難しくしている。だからと言って、様々な問題が噴出している子ども達の世界をそのまま放置はできない。少しでも良くするには、家庭や地域を巻き込んでの教育改革が必要であると考え、私は最後の勤務校である佐賀市立嘉瀬小学校で学校開放事業「どようひろば」を立ち上げ現在にいたっている。キャッチフレーズとして、「あつまろう、つながろう、そしてはじめよう、新嘉瀬物語」を掲げ、1人でも多くの大人を集め、つながるための仕掛けを次々と打ち出していった。もちろん、この物語は地域活性化を目指しているので。主人公は次世代を担う子ども達である。情報化や核家族化、急速な少子高齢化等の社会の大変化に教育が追いつかない状況にはあるが、最近では、家庭や学校、地域、それに加えて企業の協力も得られるようになりつつあり、良好な関係づくりには、喜ばしいことである。

## 闘病生活で学んだこと

私は、58歳の時に血液がん「悪性リンパ腫」を患った。風邪や人間ドック以外で病院に行ったことがない私にとって告げられた時は、頭の中が真っ白になった。「なんで俺が…」という思いで眠れぬ日々が続いた。様々な検査の後、手術と抗がん剤による治療が始まった。似たような患者さん6人が同部屋であるので、様々な光景が飛び込んでくる日々であった。家族のことややり残した仕事のことなどでパニックになりそうな状況である上に、死の恐怖に怯えなければならない病室の光景である。明日は我が身かと、目の前にぶら下がった死という文字に怯える日々が自分に来るとは、夢にも思わなかった出来事にただただ涙するしかなかった。夜が来るのが怖いと聞いたことがあるが、まさしくこのことであろう。苦痛と迫りくる死の恐怖に襲われる地獄のような8カ月間の闘病生活であった。現在は、21年目を迎えているが、医療関係者はもちろんであるが、私を支えてくれた教育関係者やボランティア関係者の皆様に感謝の日々である。10年間、決して自分から話したことは無い闘病生活を訪問授業に持ち込んだのは、3つの理由からである。1つ目は、10年経過の時、主治医が発した「経過観察は辞めにしましょう」の一言である。自分から話すことは無く、常に頭の中に居座り続けた再発の恐怖から解き放された瞬間であった。病気以前の自分に戻れたことが嬉しく、私にできる恩返しは何かと考え始めたのが体験談活用の訪問道徳授業「生と死を見つめて」である。2つ目は、退院直後の新職場への赴任に対して、差別や偏見の目を全く感じさせない温かいまなざしで迎え入れてくれた佐賀市立嘉瀬小学校職員の対応である。多忙な職場に、しかも闘病中の校長が赴任するならば、嫌がられても仕方ないことだが、私の心（できることなら学校を辞めたい、別人のような自分の姿を見せたくない）に寄り添う職員一同の思いやりが、絶望の淵に立たされていた人間を救ってくれたのである。この感謝の体験が、その後の私の行動と考え（想像力育成の必要性）を後押ししてくれている。3つめは、母親との約束である感謝の気持ちを表現するには、最適の内容であると思えたからである。ここ10年で、延べ300校以上の学校で講演か、道徳の授業をしているが、大半の学校が子ども達の感想文を私に送ってくれている。そのことが、私のやる気をさらにパワーアップさせてくれているようである。子どもの時に受けた様々な恩恵に応えるための活動であるのに、超多忙の中でのお礼の感想文などの送付、本当に申し訳ないなと思うことが多い。

1度は、絶望の淵に立たされた我が身、そこから脱出できたのは、紛れもなく私に関係ある方々のお陰である。また、過去を振り返れば、戦後の極貧生活から生き延びてきた私たち家族、間違いなく父親の故郷の人たちの様々な場面における指導と援助のお陰である。人間1人では生きていけない。この2つの体験は、絶対に忘れてはいけない出来事である。現在は、死の恐怖から解放され、少し余裕のできた日々である。今度は私の出番だと考え、困っている人や社会に少しでも貢献できればと思って始めた取り組みである。どんなに便利な世の中になろうと、人や自然と良好な関係を築くことができないのであれば、人は生きていけない。思いやりの心や助け合いの心、自然の恩恵への感謝の心なくして、生きる喜びを感じることは難しいし、読み物資料や言葉「思いやりの心の大切さを訴える」だけの授業では、心に響かせることは出来ない。何としても、思いやりを支える力（想像力）育成の大切さを、愚直に語り伝えていきたい。

## 訪問授業「生と死を見つめて」

テーマ「生と死を見つめて」を掲げて、県内の小・中学校における道徳の授業やＰＴＡ主催の講演会等での講話をボランティア活動で実践している。79歳という高齢になっても子どもの前に立てる喜びと、子ども達からもらうパワーの有難さに感謝の日々である。退職された先輩教員や同級生からよく言われる言葉がある。それは、「あなたは今も訪問授業で、学校に出入りしているが疲れませんか？38年間も教員生活をしているのに信じられない」という内容である。今年で58年間学校に出入りさせてもらっているが「こんな楽しいところはない」と答えている。子ども達の笑顔と輝く瞳を見ると、心が洗われ、生きる喜びを実感するのである。子どもが好きだから出来ることかも知れないが、戦後の暮らしに学んだことや大病を患ったことから見えてきたことがあり、それを伝える役割が自分にはあると思ったからである。

私はこの訪問授業で、次の４点を子ども達に伝えている。１つは、命とは何かである。

私の定義は、命とは「神様からいただいた時間」であるということ。この結論は、大病で絶望の淵に立たされた時、出てきた言葉は「神様お願いです。私には中学1年生の子どもがいます。あと3年間は生きたいです」。余命なん年と告げられると時間が気になる日々になり、死の恐怖と切り離せない状況になった。2つ目は、命の大切さである。親から頂いた命、次の世代に渡す重要な役割があなた達にはあります。先祖代々の話をお墓や仏壇等を交えてする。3つ目は、生活習慣の見直しの必要性を訴える。この中で特に強調するのが、食生活と早寝早起きである。世の中の変化で大きく変わった2つである。食生活と生活時間の乱れが子ども達の生活の乱れに直結し、様々な問題を引き起こしている。実践している朝食と朝の体操やウオーキングを紹介している。4つ目は、自然の恩恵に対する感謝の態度育成についてである。自然界から頂いた食べ物や自然界の様子に直接触れることを勧めるが、すぐにできることは、台所での手伝いや買い物の同伴である。

授業のテーマとしてよく使うのが「今、私たちは何か大切なことを忘れかけていませんか」である。私たちは、便利で豊かな生活を手に入れたが、人と直接関わらなくても生きていけるような社会になってしまった。その結果、様々な社会問題を引き起こしている。

子ども達の世界も例外ではなく、いじめによる自殺、心が凍り付くような殺人、虐待などが続発している。人間は、ヒト科の動物として生まれそして、周りのひとやもの、ことと関わり合いながら自立した一人前の人間へと成長していくのである。私たちは、その関わりの中で、生きていくために必要な資質（人間力）を身に付けなければならない。そこで、子ども達には、できるだけ本物に触れる体験と人と直に触れ合う場を提供する必要がある。最後のまとめとして、命を大切にするとは、与えられた時間を大切に使っていくこと、即ち、生きていることを実感する喜怒哀楽のある日々を送ることが大切であることを伝えている。また、そんな日々を送るには、人との関わりや自然の恵みを感じる体験活動を取り入れること、地域行事等へ参加することも大切であることを付け加えている。

# 第７章

## 母に届け！「感謝の旅路」

# 母への近況報告

あなたが黄泉の国に旅立ってから、すでに36年もの月日が流れましたね。この間、私の家族にも大きな出来事がありました。今回報告するのは、おめでたい事2つ、苦しく辛かった事2つです。そして最後に、あなたとの約束「引揚者としての苦難の極貧生活を多くの方たちの温かいご支援のお陰で、私達家族は1人も欠けることなく生き延びて来ることができました。今度は家族を代表してあなたの番よ。どの子にも目配り、気配りができる先生になって、ご恩返しをしてね」は、その後どうなったかを報告します。

では、順を追って報告します。衝撃的な両親の同日の旅立ちの時、孫代表でお別れの挨拶をした長男（当時小学2年生）は、今では、中学3年生と小学6年生の父親です。医療関係の仕事で頑張っていますよ。2つ目は、私に次男が生まれたことです。1人っ子はだめよ。もう1人は欲しいね。とよく言っていたあなたに報告できることがとても嬉しいです。現在34歳でリハビリ関係の仕事をしています。とても元気ですよ。只今、花嫁募集中です。

人生良いことばかりではないですね。辛いことだけど2つ報告します。1つは、私自身のことです。21年前に、悪性リンパ腫という血液がんを患いました。手術と抗がん剤治療を受けましたが、神様のお陰でしょうか、現在も元気で子ども達の前に立っています。79歳になったことに感謝し、元気がある間はずっと訪問授業を続けるつもりです。多くの方々のご支援で私たち11人の大家族がここまでこれたのは事実ですが、私が最も誇りに思い、他人に自慢できることは、両親の子どもを育てあげるという一念です。ただひたすら、休むことなく働き続けた両親、行商でリヤカーを引き、背中ばかりを見せたあなた、背中で何かを私達に伝えているに違いないと必死に見て育ちました。病気を克服できたのも、あなたとの約束を果たすこと、背中から母の言いたいことを必死に読み取ろうとする執念みたいなものがあったからではないだろうかと思っています。あなたに感謝です。

2つ目は、6年前に妻の都枝子が5年間に及ぶ闘病生活の末に、旅立ってしまいました。そろそろ、あなたの近くに届く頃ではないかと思います。とても悲しいことですが、仕方ありません。ボランティア活動に打ち込む私の生活に合わせるのも大変だったろうなと、今になって後悔しています。あなたのところに都枝子が着いたならば、ゆっくりと愚痴を聞いてやってください。今は、次男と男2人の生活をしていますが、生きることの大変さを痛感している日々です。

この後、せっかくの機会だから、私がどんなお話を子ども達にしているのか。子ども達は、私からどんなことを学び、これからどう生きようとしているのか等が読み取れる感想文や学校関係者から頂いた手紙、新聞記事等を同封しておきます。ゆっくり読んでくださいね。

# 20人の子ども達から届いた感想文

いのちの授業　白石町立白石小学校６年生
（指導者　喜多千鶴先生）
（令和３年１月26日）

いのちの授業 授業風景

白石小学校　令和３年１月26日

## 〈20人の子ども達から届いた感想文〉

☆1月26日に「命」について教えていただきありがとうございました。「命」とは神様からいただいた時間と言われて私は、せっかくいただいた時間だからいじめたりしないで、仲よくして大切にしていきたいと思いました。感謝が減ったと言われたとき、確かにあまりしっかりと言えていませんでした。だから、これからはしっかり感謝の気持ちを伝えたいなと思いました。先生に「命」について教えてもらったことを生かしていきたいと思います。

☆私は、話をきいて、命とは、神様からもらった時間、と言うこと、だから私は、生きているこの時間を大切にしたいなと思いました。そして今日は、いのちの大切さについてもよーくわかりました！そして今もいじめなどで、いのちをおとす子どもたちがいる。だからこそやっぱり命の時間を大切につかっていきたいです。本当にありがとうございました。

☆今日はいのちのことについて教えていただきありがとうございました。私はいのちとは、神様からいただいた時間ということが分かりました。
村岡さんはがんにかかっていて、その間とても死にいたるのではないかと考えられていて、とてもかわいそうだと思いました。DVDも見て、むねのがんにかかっていたお母さんと子どものお話や親子でつくる短歌もとてもいいお話や歌だと思いました。

このことから私は『命』という時間を大切にして楽しい毎日を過ごしていきたいです。

☆今日は命がどういうことかを教えていただきありがとうございます。最初命は、人や生き物が生きていける時間だと思っていました。でも村岡さんが「神様からいただいた時間」だと教えていただいたので、より命を守りたいと思いました。そしてその時間をより多くの人に役に立つことに使って、神様に恩返しできるようにしたいと思います。
今は、コロナで危ないので、他の人もだけど神様からいただいた時間をみんなで守っていきたいです。

☆今日、「いのち」の授業で、「いのち」は、「神様がくれた時間」ということが初めて知りました。さいきんは、いじめが増えて、いのちをおとしている人は、「かわいそう」で、「つらかっただろうな」と思いました。いのちは1つしかないので、大切にしていきたいと思います。それにいじめを世界からなくして、友達といつまでも、仲良くしていきたいと思います。今日、学んだことを思い出し、家族や妹、弟にも「いのち」は大切なんだよ!と、いろいろと、教えて、みんなで、いのちを、大切にしていきたいと思います。今日は、ありがとうございました。

☆今日は、命について教えていただきありがとうございました。命という言葉は、知っていたけど、「命って何」と最初きかれたときは、こたえれませんでした。でも、村岡先生の話を聞いて、命とは、大事な物であり、神様からいただいた時間なので、大切にしていきたいです。いまぼくが持っているバトンを大人になったら、次の世代の人にわたしていきたいです。これからも体にきをつけて、いろいろな子どもたちに命という大切な言葉を伝えてください。

今日は、ありがとうございました。

☆

今日は「命」について教えてもらいました。自分が考えた「命」とは、親からもらった大切なたからもの。そして、「愛情」。私が、どういう時に生きててよかったと思うしゅんかんは、何かが成功した時です。私はこの言葉を大切にしています。それは「継続は力なり」です。村岡さんもおっしゃっていた命は連続性・有限性。そして、神様からいただいた時間。これから先何がどうなるか分からないけど、1つ1つのことを自分の足で歩みたいです。そして、感謝の心を忘れずに自分の努力を積み重ねていきたいです。そして、1日1日の時間を大切に、そして楽しく笑って、時には泣いたりと過ごしていきたいです。そして、親からもらった大事な「命」を守っていきたいです。

☆今日は、「いのちの授業」をするために、ここまで来てくださりありがとうございました。
授業を受けて、ぼく達は、昔からご先祖様が生まれたりしなかったら今、ここにいないという事が分かりました。

命とは、自分達の次につなぐバトンだと分かりました。

生きるという事は、神様からいただいた時間だと分かりました。

だから、自分のためになることをして時間を過ごしたいです。

☆命は、神様からいただいた時間と分かりました。ガンは、とてもこわいと分かって、ぼくもガンにかからない努力をしようと思いました。それで今ぼくにバトンが回ってきてると分かって、ぼくも大切に回していきたいと思いました。
今日は、「いのちの授業」をしてくださってありがとうございました。

☆私は、命について、改めて考えて、命はとても大切なものということは分かってはいたけど、具体的にいうとすると、よく分かりませんでした。でも、村岡先生の話を聞いて、命は、神様からいただいた時間なんだと分かりました。だから、1人1人にあたえられた時間の中で、自分はどうすごすか。そのすごし方でこれからあと数十年くらいの人生が、これまでになくもっと、充実したくらしになるんじゃないかなあと思います。

☆ いのちの授業を受けて、ぼくは、すごく命が大切だな~と思いました。神様からのものので村岡さんが、おっしゃった通りぼくたちは、大切な役割だということ。思いやり。そして、ぼくは、死にたくないなーと思いました。無限に生きれたらと思いました。今度、会いましょう。ありがとうございました。

☆ いのちの授業をしていただきありがとうございます。命のことについて深く考えたことは、あんまりなかったので、いい機会でした。私は、命というのは、神様からのいただき物と知って、これからも大切にしていきたいなと思いました。村岡さんががんになった時のことを聞いて、毎日「おねがいします。あと3年時間をください」というぐらいくるしかったんだろうなと思います。これからもいじめもなく平和な毎日をすごして、命を大切にしていきたいです。

☆

今日は、命の事を教えに来てくださってありがとうございます。ぼくは命とは何か知らなかったけど智彦先生の授業を受けて命は神様がくれた時間と知ることができたのでよかったです。また思いやりは相手に言ってもだいじょうぶか考えて相手に言うということが知れたのでよかったです。今日は、本当にありがとうございました。

☆

私は命が神様からいただいた時間ということは、初めてしりました。神様からいただいた時間は、大切にしようと思いました。私がうまれてきたことに感謝し、私は、次にバトンをしっかりわたしたいと思います。命の大切さをしっかり理解し、健康な体をつくって、友達と仲よく過ごしていきたいなと思います。命の大切さを教えていただきありがとうございました。

☆今日は、いのちの大切さを教えてくださって、ありがとうございます。ぼくは、がんみたいな病気にならないように、老けても、元気な自分だったらすごくいいなあと思いました。命の大切さは、神様がくれた時間と知り、これからは大切に使っていきたいです。〃ママは海ぞくだ!!〃という本は宝島を見つけに行ったママが病気をもっていたけど宝島を見つけたので良かったなあと思いました。

☆いのちは、神様から与えられた貴重な時間だということに今日気付きました。なのでこれからは時間を大切にしていきたいです。そして、その時間を社会に役立つようなことに使っていきたいです。自分は、立派な大人になって次の世代に何か残せるようになりたいです。今日の授業では思いやりを心がけたいと思いました。相手の思いを読み取ることができる大人になりたいと思いました。

☆

「いのちの授業」ありがとうございました。最初は命ってどういうものだろうと思ったけど、お話をきいて神さまからもらったものだと分かりました。命はつながれていくんだなあと思いました。

ママはかいぞくと村岡さんのお話を比べてみて命は大事にしよう友達の命も大事にしようと思いました。

☆

今日は、白石小まできていただきありがとうございました。ぼくの最初の命についてのこたえは、「生がい」（一生の人生）なのかなと思っていました。実際のたいけんなどをきいて、命は、神さまがくれた時かんということが分かりました。いつもとうこうしているじかんに太陽がのぼってくるので、手を合わせておがみたいなあと思いました。

これからは、自分のじかんを大切にして、手を合わせておがんでいきたいなと思いました。

☆今回は、ぼくたちの白石小学校にきてくださりありがとうございました。「命とは」について、最初は分からなかったけど話をきいて、しだいに分かってきました。命は「神様がくれた時間」ということをきいて、心にひびいた気がします。例えば、こうして文章を書いてる間も神様がくれた時間なのでこれからも時間を大切にしていこうと思います。

☆今回は、コロナかで忙しいと思いますが貴重なお話を聞かせてもらってありがとうございました。命は神様からもらった時間だと聞いて、ぼくも神様に拝もうと思いました。先ぞの人達はとてもたくさんいてこの人達一人でも欠けてしまうとぼくの人生は、ないんだと思いました。最初は、命なんて何も考えていなかったけど村岡さんの話を聞いて本当に大切なんだと思いました。これからは村岡さんの話をいかせたらと思います。ありがとうございました。

# 校長先生からのお礼の手紙

（みやき町立三根西小学校長）

（令和２年12月11日）

向寒の候、村岡先生におかれましては、お忙しくされていらっしゃることと拝察いたします。

先日は、三根西小までご足労くださり、村岡先生にしかできない貴重な授業を行っていただき本当にありがとうございました。とても深遠なテーマと内容なのですが、先生の快活で明るい口調で語られると、子供たちも、素直に受け入れ村岡ワールドにひき込まれていたように思えました。

申しましたように、元々学力が高くなく、表現力も、つたない子供たちなので、どの程度理解したかが悩ましいところでした。（この時期、成績付けでなかなか二時間目のふりかえりの時間の確保が難しそうで、私からも、担任への声掛けは遠慮しておりました。）しかし、今日、担任の江口教諭から、「子供たちが、村岡先生にお手紙の形で感想を書きました。」と、見せてもらい、この子たちなりに「命について」「これからの生き方について」考えたのだなと分かる素直な文章にほっとしました。残念ながら、絵本の母親の思いからにじみ出る相手への思いやりまでは、到達できていないようでしたが、「限られた命だから、やることを後回しにせず、すぐ動こう」「今まで何となく大事と言っていた命が、どんな風に大事なのか分かった」など生死について深く考えるきっかけになったことがうかがわれました。なかには、「死にたいと思っていたけど…」と生きる方に考えを転じた子供もいたことに驚きました。（これを書いたのは、サガテレビのニュースにも出ていた子供です。表面は、何事もなさそうに見えても、心の中では時々子供なりにマイナスな気持ちに覆われることもあったのだろうと分かりました。）ふだん、そんなテーマについて真剣に考える場はそうそうありませんから、今回、先生がダイレクトに語ってくださったおかげで、子供たちは、気持ちの殻を破ることができたと思いました。本当に価値のある「いのちの授業」でした。

五年生の手紙（両面印刷ですみません）と私の学校だよりの記事（終業式発行ですので、まだ途上です。完成品は、三根西小ホームページにアップしますので、ぜひご覧くださいませ。）

また、来年度もいのちの授業をお願いさせてください。そのためにも、村岡先生ずっとお元気でいてくださいね。本当にありがとうございました。そして、どうぞ良いお年をお迎えください。

みやき町立三根西小学校　校長　福山　信代

令和二年十二月十一日

村岡　智彦先生

# 会報「われらのいのち」
# 保護者からの感想文

いのちの授業　鹿島市立鹿島小学校

（令和５年1月13日）

# われらのいのち

保護者　様　　鹿島小学校便り　　　第３９号

教育目標：　「いのち輝く　鹿島っ子の育成」

長子配布　　令和５年１月２０日（金）　文責：校長　橋本　良子　　鹿島小 HomePage

## ６年生の「いのちの授業」

13日（金）は、６年生を対象にした「いのちの授業」がありました。講師として村岡智彦先生に来ていただきました。村岡先生は、元小学校の校長をされており、退職後は、県内の複数の大学で教鞭をとられるとともに、各学校で、いじめ撲滅の講話等もしてこられた方です。当日は、６年生の学年行事も兼ねて行われ、保護者の皆様にも参加していただきました。どうもありがとうございました。

学習のテーマは「今、私たちは何か大切なことを忘れかけていませんか～生きていることを実感する日々の生活をしよう～」でした。村岡先生ご自身が直面された大病のこと、大切にしている自然とのかかわりや食生活と運動についての日課など自己紹介をしながら「生と死」「命とは何か」について語りかけていただきました。そして私たちは、命のバトンを渡す役割を担っていること、命のつながりについてもわかりやすく話をされ、命の尊さを実感するとともに、あらためて命の大切さを学ぶことができました。

また、保護者の方による「ママはかいぞく」という絵本の読み聞かせもありました。海賊仲間と旅をするお母さんのお話ですが、もう一つのストーリーがあり、感動的なお話でした。

６年生は、保護者の方と一緒に、しっかり話を聞き、そして読み聞かせに浸って、いい学びができた１時間でした。中学校に向けての大きな一歩となったことと思います。

校長だより　※一部抜粋　（鹿島市立鹿島小学校長）

## 〈保護者からの感想文（鹿島市立鹿島小学校6年生保護者）〉

### 村岡智彦先生「いのちの教育」をうけて

☆　卒業を目前にした子どもたちに村岡先生は命について語りかけてくださいました。これから新しいステージに進む子どもたちにどんな困難が待ちうけているか、親としては不安は尽きません。時には、道に迷い命の大切さを見失う時が来るかもしれません。

そんな時は、きっと今日のお話を思い出し、周りの人とつながりながら、壁を乗り越え、前に進んでくれると思います。子どもと一緒に迷った時は、「村岡先生は、あんな風に話していたね。」と親子で話し合うきっかけにしていきたいです。

☆

命があること、今生きているということ、自然から命をいただいているということ。一見便利で、科学技術の発達した現代では、それが「当たり前」のように感じられてしまう社会になってしまいました。

でもそれが、当たり前ではなく、有り難いことだと心身で感じることが幸せであり豊かさであると思います。

村岡先生が、日々の生活の中で、その有り難さを常に感じられる暮らし方を自ら考え、実践しておられることを、そのおはなしとエネルギー溢れるお姿から感じて、気付きと元気をいただきました。

ありがとうございました。

☆

「命を大切にしましょう」という言葉は誰でも言えることですが、今日の村岡先生のお話には先生の体験や思いが詰まっていて心にささりました。

私たちがこうして何気なく生活を送っていることは決して当たり前ではなく、毎日の食事、太陽や地球の恵み、そしてここまで命をつないでくださったご先祖様など、生かして頂いている奇跡に感謝し、毎日を大切に過ごすことを心がけたいと思いました。

本日は貴重なお話をきかせて頂き、親子で考える機会を頂き、ありがとうございました。

# 新聞にとりあげられた著者の活動

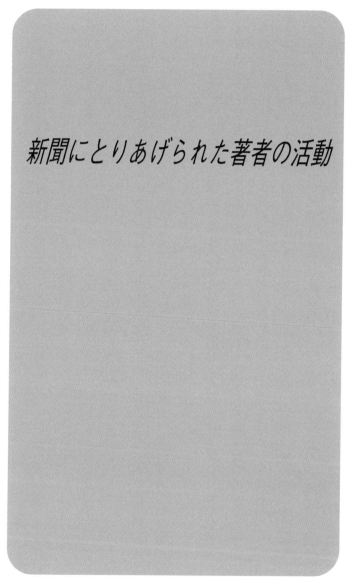

佐賀新聞掲載
2016年10月30日付

闘病生活などの実体験を基に、命の尊さを訴える村岡智彦さん＝吉野ヶ里町の東脊振小学校

## 「限られた命 大切に」
### 村岡さん がん闘病語る
東脊振小

吉野ヶ里町

子どもたちに命の大切さを伝えようと10月29日、吉野ヶ里町の東脊振小で6年生を対象にした道徳授業「いのちの教育」があった。西九州大講師の村岡智彦さんが「生きるとは」と題してがんを患った自身の闘病生活について話し、保護者を交えたグループトークをしたりして命について考えを深めた。

村岡さんは15年ほど前、小腸にがんが見つかり手術した。その後は生活改善に取り組み、毎朝1時間かけて料理する習慣をつけたといい、「出前の電話1本で料理が届く時代は、便利だけれど生きている実感がない」と持論を語った。命がなぜ大切かという問いに対しては、死が必ず訪れる「有限性」と先祖代々引き継いできたバトンをつなぐ「連続性」を挙げ、「生きていることを1日1日感じて」と呼び掛けた。

講演後には、保護者や地域住民とともに命の重みを考えるグループトークも行い、児童らは大人たちの命に対する思いに耳を傾けていた。

（西麻希）

## 「限られた命　大切に」
### 村岡さん　がん闘病語る

子どもたちに命の大切さを伝えようと10月29日、吉野ヶ里町の東脊振小で6年生を対象にした道徳授業「いのちの教育」があった。西九州大講師の村岡智彦さんが「生きるとは」と題してがんを患った自身の闘病生活について話し、児童は話を聞いたり、保護者を交えたグループトークをしたりして命について考えを深めた。

村岡さんは15年ほど前、小腸にがんが見つかり手術した。その後は生活改善に取り組み、毎朝1時間かけて料理する習慣をつけたといい、「出前の電話1本で料理が届く時代は、便利だけれど生きている実感がない」と持論を語った。命がなぜ大切かという問いに対しては、死が必ず訪れる「有限性」と先祖代々引き継いできたバトンをつなぐ「連続性」を挙げ、「生きていることを1日1日感じて」と呼び掛けた。

講演後には、保護者や地域住民とともに命の重みを考えるグループトークも行い、児童らは大人たちの命に対する思いに耳を傾けていた。

（西麻希）

佐賀新聞掲載
2022年10月22日付

# 小中学生 命の尊さ学ぶ

## がん経験者、児童に講話

### 若楠小「今をどう生きるか」

佐賀市　がん経験者の講話がこのほど、佐賀市の若楠小であった。6年生56人が闘病生活などについて話を聞きながら、限りある命の尊さやこれからの生き方を考えた。

講師の元小学校校長の村岡智彦さん(78)は20年前に悪性リンパ腫（血液のがん）が見つかり、「余命半年の宣告を受けた」という。長年の闘病生活を経て規則正しい生活の大切さを痛感したことを明かし、「感謝の心を忘れず、いつか必ず訪れる死を迎える前に今をどう生きるかを考えることが必要」と説いた。

乳がん患者の会「コスモスの会」の草場真智子会長(76)は、両乳房の全摘手術と抗がん剤治療を経験したことを説明。同じ病気の人たちと励まし合って勇気づけられたエピソードも紹介した。また、余命宣告を受けた仲間への思いを語り、「生きたくても生きられない人もいる。だからこそ、自分の命を大切にしてほしい」と呼びかけた。

6年の井原綺咲季さんは「大切な命のバトンをつないでくれた先祖に感謝し、精いっぱい生きていきたい」と話した。（伊東貴子）

がんの闘病生活などについて語る村岡智彦さん＝佐賀市の若楠小

**小中学生　命の尊さ学ぶ**

## がん経験者、児童に講話

### 若楠小「今をどう生きるか」

がん経験者の講話がこのほど、佐賀市の若楠小であった。6年生56人が闘病生活などについて話を聞きながら、限りある命の尊さやこれからの生き方を考えた。

講師の元小学校校長の村岡智彦さん(78)は20年前に悪性リンパ腫（血液のがん）が見つかり、「余命半年の宣告を受けた」という。長年の闘病生活を経て規則正しい生活の大切さを痛感したことを明かし、「感謝の心を忘れず、いつか必ず訪れる死を迎える前に今をどう生きるかを考えることが必要」と説いた。

乳がん患者の会「コスモスの会」の草場真智子会長（76）は、両乳房の全摘手術と抗がん剤治療を経験したことを説明。同じ病気の人たちと励まし合って勇気づけられたエピソードも紹介した。また、余命宣告を受けた仲間への思いを語り、「生きたくても生きられない人もいる。だからこそ、自分の命を大切にしてほしい」と呼びかけた。

6年の井原綺咲季さんは「大切なバトンをつないでくれた先祖に感謝し、精いっぱい生きていきたい」と話した。


（伊東貴子）

佐賀新聞掲載
２０２１年11月27日付

# 学校と地域の懸け橋20年

「博報賞」功労賞

中村祐二郎教育長（左）に受賞を報告した村岡智彦さん（中央）と熊谷智佳子校長
＝佐賀市役所大財別館

## 嘉瀬小　ボランティアが受賞

佐賀市　佐賀市の嘉瀬小ボランティアネットワーク（ＫＳＶＮ）が、教育分野で優れた取り組みをしている団体などを表彰する博報堂教育財団（東京都）の「第52回博報賞」の功労賞を受賞した。子どもたちのさまざまな交流の機会をつくるなど20年にわたって学校と地域の懸け橋となる活動を続けてきたことが評価された。

ＫＳＶＮは住民や保護者、地域の団体・企業、教員が協力し、学校教育を支える組織として２００２年に設立した。地域の幅広い教育力を生かした交流の場の「どようひろば」などに取り組んでいる。博報賞は全国の16の学校や団体などが受賞し、佐賀県内からは9年ぶりとなった。

ＫＳＶＮ顧問の村岡智彦さんと同校の熊谷智佳子校長が22日、市役所を訪れて中村祐二郎市教育長に受賞を報告した。村岡さんは「地域の人たちが手弁当でやってきて、20年の節目に大きな賞を頂いた。これまで関わってきた皆さんに感謝の気持ちでいっぱい」と話した。中村教育長は「子どもたちのためにという気持ちがあってこその活動で、他の地域にも広がっていくことを願う」とたたえた。　（福地真紀子）

「博報賞」功労賞

# 学校と地域の懸け橋20年

## 嘉瀬小　ボランティアが受賞

佐賀市の嘉瀬小ボランティアネットワーク（ＫＳＶＮ）が、教育分野で優れた取り組みをしている団体などを表彰する博報堂教育財団（東京都）の「第52回博報賞」の功労賞を受賞した。子どもたちのさまざまな交流の機会をつくるなど20年にわたって学校と地域の懸け橋となる活動を続けてきたことが評価された。

ＫＳＶＮは住民や保護者、地域の団

体・企業、教員が協力し、学校教育を支える組織として２００２年に設立した。地域の幅広い教育力を生かした交流の場の「どようひろば」などに取り組んでいる。博報賞は全国の16の学校や団体などが受賞し、佐賀県内からは9年ぶりとなった。

ＫＳＶＮ顧問の村岡智彦さんと同校の熊谷智佳子校長が22日、市役所を訪れて中村祐二郎市教育長に受賞を報告した。村岡さんは「地域の人たちが手弁当でやってきて、20年の節目に大きな賞を頂いた。これまで関わってきた皆さんに感謝の気持ちでいっぱい」と話した。中村教育長は「子どもたちのためにという気持ちがあってこその活動で、他の地域にも広がっていくことを願う」とたたえた。

（福地真紀子）

佐賀新聞掲載
2023年5月19日付

# 村岡さん（佐賀市）に「社会ボランティア賞」

## 国際ソロプチミスト佐賀西部

【武雄市・佐賀市】国際ソロプチミスト佐賀西部（納富聡子会長）のクラブ表彰が18日、武雄市の湯元荘東洋館であり、「社会ボランティア賞」を元小学校校長の村岡智彦さん(79)に贈った。村岡さんは在職中から各種ボランティア活動に従事しており、地域社会が必要とする活動を継続的に続けていることが評価された。

国際ソロプチミスト佐賀西部の納富聡子会長（左）から社会ボランティア賞を受けた村岡智彦さん＝武雄市の湯元荘東洋館

佐賀市在住の村岡さんは、嘉瀬小校長を最後に退職した後もボランティア活動を続け、特に『命の教育』に力を入れ、講演会やイベントを実施してきた。58歳の時に悪性リンパ腫にかかり、治療を続けながら子どもたちや保護者に命の大切さを伝えている。

## 「命の教育」講演会、イベントに力

表彰式では納富会長が「村岡先生の功績を知り、会員一同で共有できたことをとてもうれしく思う」と述べ、村岡さんも「お世話になった人たちに恩返しをしろ、という母の教えが活動の原動力になっている。体が動く限り活動を継続したい」と感謝した。

村岡さんは母との思い出や自身の半生をつづった著書「母の背に」を6月に佐賀新聞社から発刊する予定で、「興味があればぜひ手に取って目を通してもらえれば」と話している。

（澤登滋）

社会ボランティア賞を受け、「体が動く限り活動を継続したい」と感謝の言葉を述べる村岡智彦さん

# 村岡さん（佐賀市）に
# 「社会ボランティア賞」

## 国際ソロプチミスト佐賀西部

国際ソロプチミスト佐賀西部（納富聡子会長）のクラブ表彰が18日、武雄市の湯元荘東洋館であり、「社会ボランティア賞」を元小学校校長の村岡智彦さん(79)に贈った。村岡さんは在職中から各種ボランティア活動に従事しており、地域社会が必要とする活動を持続的に続けていることが評価された。

佐賀市在住の村岡さんは、嘉瀬小校長

を最後に退職した後もボランティア活動を続け、特に『命の教育』に力を入れ、講演会やイベントを実施してきた。58歳の時に悪性リンパ腫にかかり、治療を続けながら子どもたちや保護者に命の大切さを伝えている。

表彰式では納富会長が「村岡先生の功績を知り、会員一同で共有できたことをとてもうれしく思う」と述べ、村岡さんも「お世話になった人たちに恩返しをしろ、という母の教えが活動の原動力になっている。体が動く限り活動を継続したい」と感謝した。

村岡さんは母との思い出や自身の半生をつづった著書「母の背に」を6月に佐賀新聞社から発刊する予定で、「興味があればぜひ手に取って目を通してもらえれば」と話している。

（澤登滋）

## 追伸

あなたと苦労して立ち上げた雑貨屋「村岡商店」は、今は廃業していますが、建物はそのまま残っています。家の周りの景色もほとんど変わっていません。建物（実家）は、雨漏りのする古家になりましたが、次男の嫁さんがしっかり守っていますので、安心してください。

もうひとつつけ加えたいことがあります。今、私は佐賀駅近くにあるマンション（集合住宅）に住んでいます。14年目になりますが、ここ2〜3年、マンション入口あたりの風景が大きく変わりました。物を配達する宅配車と高齢者送迎の車が増えたことです。コロナの大流行の影響かも知れませんが、大混雑の玄関前です。このことをあなたに自慢したいのです。覚えていますか？小学高学年から始めた注文をとっての宅配です。65年前に村岡商店が始めたことです。宅配車と自転車の違いはありますが、当時と全く同じやり方ですよ。思い出しながら自分たちを自分でほめている日々です。

「生きていくためにどうするか？人間、追い込まれたら力がでるもんですね。照れくさいけど、かあちゃん有難うね。僕に多くの出番や役割を与えてくれて。今とても役立っていますよ」

なお、私の旅路が続けば、10年後の88歳時に、「私の心の旅路」第3弾を執筆し届ける予定ですので楽しみにして待ってて下さい。これからの10年間、どんな出会いがあるのか、母の背に見る「人生の道標」を読み解きながら、ゆっくり、ゆっくりと歩み続けるつもりです。

智彦より

著者の紹介

**村岡　智彦**（むらおか・ともひこ）

一九四四年一月三〇日生

一九六六年三月　佐賀大学教育学部卒業

一九六六年四月～二〇〇四年三月

●佐賀市・小城市の小学校（教員・校長）

●佐賀大学教育学部附属小学校（教員・副校長）

●佐賀県教育センター研修員

●県立北山少年自然の家（指導課長）

二〇〇四年三月　退職

●最終勤務校（佐賀市立嘉瀬小学校）

☆ＫＳＶＮ（嘉瀬小学校ボランティアネットワーク）顧問として現在も活動中

二〇〇四年一〇月～二〇〇六年三月

いのちの授業 若い先生方への指導助言

基山小学校　2023年２月１日

●佐賀大学教育学部客員教授

二〇〇六年四月～二〇一〇年三月

●佐賀市教育委員会（まなざし運動推進専門官）

二〇〇六年六月～現在

☆新さが教師塾「トレイン」主宰

二〇〇九年二月

「こころを育むフォーラム」全国運動で九州・沖縄ブロック大賞を受賞

ＫＳＶＮ（嘉瀬小学校ボランティアネットワーク）の活動で

二〇一一年十一月十二日

博報賞「功労賞」を受賞

ＫＳＶＮ（嘉瀬小学校ボランティアネットワーク）の活動で

いのちの授業　授業風景

基山小学校　学校だより「基山っ子」第19号より

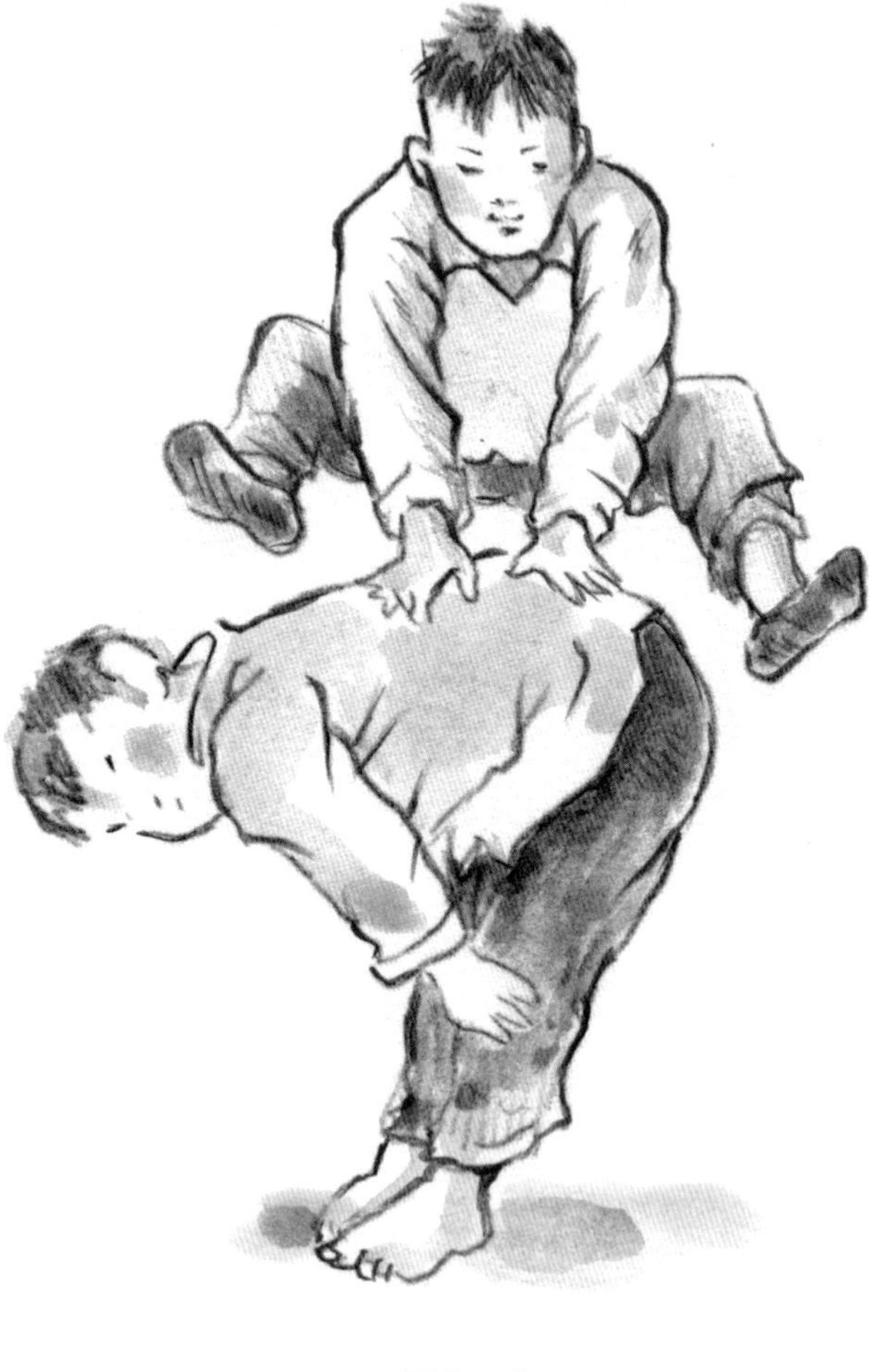

馬とび
（自分より年上の大きい子をとび越えることが目標であった）

表紙絵・挿入画

牛丸和人

（西九州大学短期大学部　教授）

# 母の背に

令和５年７月12日発行

著　　者　村岡　智彦
発　　行　佐賀新聞社
製作販売　佐賀新聞プランニング
〒840-0815　佐賀市天神3-2-23
電話　0952-28-2152（編集部）

印　　刷　佐賀印刷社